AF149867

Fito Rodríguez

Der Schatten Fausts

„La sombra de Fausto"
„Faustoren Itzala"

Mit einem Vorwort von Alfonso Sastre
Aus dem Spanischen von Samuel Tannhäuser

© Fito Rodríguez
© Deutsche Ausgabe: Samuel Tannhäuser
© Design und Fotografie für die dt. Ausgabe:
    Anh Quynh Pham, Ricarda Weil
© Motivation: Lara Gallego Ferreño

Herstellung und Verlag:
BoD – Books on Demand, Norderstedt
ISBN 978-3-7392-1401-6

"An alle, die die Sonne selbst in der dunkelsten Nacht sehen können."

Anstelle des Prologs:

Ein Roman als Essay

Da ist etwas Rätselhaftes an diesem Roman – denn es ist tatsächlich ein Roman, obwohl mit reichen biografischen und historischen Aspekten, sowie mit tiefem Gedankengut – von Fito Rodríguez -gespickt. Ausgerechnet das, was es von diesem Enigmatischen hat, ist das, was ich als Roman verstehe, obwohl viele der Seiten außerhalb ihres romanhaften Kontext gelesen, nach der Sprache der theoretischen Bücher und der Essays über Linguistik oder über Soziologie klingen. Wenn wir das Buch rein zufällig auf dieser oder jener Seite aufschlagen, ohne vorherige Mitteilung des Erzählers, könnten wir glauben, dass wir gerade keinen Roman lesen, sondern dass dieser interessante Hauptdarsteller, der, wenn wir es so nennen wollen, eine Art fehlplatzierter Same zu sein scheint, mit einem unsteten und sprunghaften Charakter, dann wegen seiner Art zu schreiben und wegen der Dinge, die er sagt, und wegen seines nicht literarischen Schreibstils, der nicht romanhafte Autor dieses Buches, das wir hier in Händen halten, das zwischen Theoretischem und Autobiographischem schwankt, sein könnte. Am Ende überlagert sich auf gewisse Weise Fito Rodríguez' Persönlichkeit mit der Imaginären seiner Figur. Aber wenn wir die narrativen Abschnitte lesen, dann entwickelt sich das Rätsel immer weiter, was wohl das Fiktive und was das Historische an dieser Geschichte sei.

Und was hat das eigentlich mit Faust zu tun? – oder zumindest mit Goethes Faust? – in dieser Geschichte, die sich scheinbar in der Obhut dieser „faustischen"

9

Heraufbeschwörung verbirgt? Nun, es geht dabei nicht nur darum, dass einer der beiden Elhuyar-Brüder, von dessen Leben, Werk und Unglück die Hälfte des narrativen Prozesses handelt, und sich im achtzehnten Jahrhundert abspielt, sich eben „Fausto" nennt, oder dass der Same des aktuellen Erzählfadens (zu Beginn des 21. Jahrhunderts) „Werther" heißt, sondern dass in der Erzählung dieses „Werthers", der Autor Fito Rodríguez den „faustischen" Geist jener Epoche ins Leben ruft, den er mit folgenden Umschreibungen schmückt: Huldigung der Jugend, Romantik, Hinwendung an den Selbstmord, Aufklärung, Moderne.

Diese Erinnerung ruft uns das komplexe Bild jener Zeit der Lichter ins Gedächtnis, als sich neben denen der Vernunft, auch die Mechanismen der Sehnsucht aktivierten, der Wunsch, die Realität der Natur kennenzulernen, und es wurden Gesetze und Mineralien entdeckt, Geheimnisse und Vögel, medizinische Pflanzen und hübsche Blumen, und das im Zeichen ganzer Gesellschaften von eifrig Studierenden, Gesellschaften zu ebendiesem Zwecke geschaffen. Zu der Zeit, als der aus Cádiz stammende José Celestino Mutis das Chinin zur therapeutischen Anwendung entdeckte und seine große botanische Expedition in Amerika, mit Basis in Kolumbien, unternahm, oder als die beiden Basken Fausto und Juan José Elhuyar das Element Wolfram entdeckten, vor allem zur Verwendung im militärischen Bereich: für die Panzerung von Stahl im Krieg.

Fito Rodríguez greift sehr treffend auf narrative Methoden zurück, die während der Romantik und seitdem verwendet wurden:

Diejenigen, die wir „memorial" nennen könnten, in denen der Roman in Form von Erinnerungen wiedergegeben wird, und die „epistolaren", in denen die Romanstruktur sich als eine Sammlung von Briefen zeigt.

Die beiden historischen Ebenen, die der Autor darstellt und die eine Differenz von zwei Jahrhunderten zwischen sich liegen haben, vereinigen sich durch eine, von vielen Autoren geschätzte Vorgehensweise, die vor allem im neunzehnten und zwanzigsten Jahrhundert entwickelt wurde: ein Brief des achtzehnten Jahrhunderts fällt einem Leser aus dem zwanzigsten oder einundzwanzigsten Jahrhundert in die Hände. (Das können auch Manuskripte sein, die in einer Flasche gefunden werden, oder in Zaragoza: eine Stimme, die aus der Vergangenheit kommt, in diesem Fall die Stimme Juan José Elhuyars, der einen langen Brief an seinen weit entfernten Bruder Fausto schreibt; ein Brief, der durch das väterliche Erbe, via der Universität von Uppsala, unserem guten Samen in die Hände fällt. Ist das nun ein Roman oder nicht?)

Alles andere ist wirklich die Handlung des Romans, die das Rätselhafte hervorhebt und ja, einige Ideen in eine erzählte Handlung verwandelt. Über uns, sowie über den Lesern vieler heutiger Erzählungen kreisen auch die Gespenster einer geheimen Gesellschaft, die hier die Freimaurerei ist, obwohl diese von Juan José ungenannt bleibt. Diese Gesellschaft hatte, wie man weiß, einen großen Einfluss auf die Aufklärer jener Zeit, und darum auch einen großen Einfluss auf die historischen Fakten; ist demnach also ein durch die Intellektuellen beglaubigtes Mysterium. Die nicht überprüfbaren Daten beziehen sich auf einige hier dargestellte Ideen und auf einige der mutmaßlichen Fakten, erzählt vom Samen „Werther" oder von Fito Rodríguez? -. Die Beziehung der Mittäterschaft im unsichtbaren Dreieck aus Freimaurerei, der Gesellschaft der Freunde des Baskenlandes und dem königlichen Seminar von Bergara (das die Basis für die Entde-

11

ckung Wolframs war); und ja, das Paradox trifft zu, dass zumindest einige der Gesellschaften der Freunde des Landes unter dem Einfluss der Freimaurer operierten, so wie sie es machten, gegen die spanische Monarchie und letzten Endes für die Befreiung ihrer Kolonien.

Wir können noch hinzufügen, dass verschiedene Wissenschaftler beispielsweise um das Team von Celestino Mutis in Kolumbien ihr Leben verloren, hingerichtet von den Spaniern. (Und wer ermordete Juan José Elhuyar und warum? Gehört das nun auch zum Feld des Enigmatischen oder nicht?)

Rätselhaftes gibt guten Lesestoff, und der Gedanke, der das Unerklärliche begleitet, ist eine notwendige Zutat, dafür, dass das Mysterium nicht nur eine anekdotische Merkwürdigkeit bleibt.

Aber, wie läuft die Handlung hier ab? Unser guter Same versucht den Briefwechsel zu verkaufen, den er von seinem Vater geerbt hat, und es passiert… nun, die Leserin oder der Leser wird sehen, was passiert, wenn sie oder er den „Schatten Fausts" liest. Ich für meinen Teil, verbiete mir an dieser Stelle weiterzumachen, denn, wie schon gesagt, handelt es sich hier ganz klar um einen Roman, und ein Kunstwerk auseinanderzunehmen ist eine Todsünde.

Alfonso Sastre
Hondarribia, 31. August 2005.

Der Schatten Fausts

Ihr beiden, die ihr mir so oft
In Noth und Trübsal beigestanden,
Sagt, was ihr wohl in deutschen Landen
Von unsrer Unternehmung hofft?

Vorspiel aus *Faust*
Johann Wolfgang Goethe

Bogotá,
Neugranada
21. September 1790

Geliebter Bruder:

Seit sieben Jahren bin ich nun schon hier. Dieser verfluchte Auslieferungsbefehl von Karl III. trägt das Datum 31. September, 1783. Das Gesetz zwingt mich auf diesen Befehl hin weiter hier in den Minen zu arbeiten.

Nahezu jede Woche treffe ich mich mit dem Vizekönig José de Ezpeleta, aber es nützt nichts. Diese ganze Sache macht mich wütend. Es scheint, als ob ich mich auf irgendeine Weise daran gewöhne, mit der Strafe, die sie mir auferlegt haben, zu leben. So wie damals, als sie uns in Logroño und Oion den christlichen Glauben einprägten, so erhoffe ich mir nun auch hier Erbarmen. Aber es fällt mir immer schwerer, genug Selbstvertrauen aufzubringen, um unter diesen Bedingungen weiter zu leben.

15

Das, was an diesem Weihnachtsfest passiert ist, war nicht gerade leicht für mich. Trotz meiner vielen verschiedenen Reisen, bleiben die Neujahrstage in meinem Gedächtnis immer mit dem Schnee verbunden. Kindliche Gedanken, ja, aber hier in diesem Teil der Erde finde ich nichts außer drückender Hitze und indianischem Heidentum. All das verschlimmert sich dadurch, dass mich der furchterregende, wie auch beleidigende Schatten der Inquisition nicht loslässt. Ich kann es nur dir sagen: Ich habe Angst.

In unserem Land herrscht jetzt gerade große Freude. Doch wir, ja wir litten trotzdem Vertreibung, Trauer und Melancholie durch das, was wir getan haben. Denn wir mussten es tun. Zu all dem müssen wir den Schrecken hinzufügen, der unsere außergewöhnlich missliche Lage noch verschärft. Bald wird mich der Kuss des Todes ereilen (oder sollte ich gar sagen mein Mörder?) und ich erwarte diesen Moment schon fast mit Ruhe.

Dieser letzte Satz könnte wohl den Inhalt meines Briefes zusammenfassen. Vielleicht liegt es an der Epoche und dem Ort, an welchem es uns auferlegt ist, diese Bedrohung zu durchleben. Aber es ist mir jetzt klarer als je zuvor: diese Zeilen könnten eine der letzten Möglichkeiten sein, Informationen auszutauschen. Hüte auch du dich Fausto. Wir wissen zu viel und in dieser Welt, in unserer Umgebung, gibt es zu viel Ignoranz, vor allem hier in diesen Ländern Südamerikas… und das ist allzu gefährlich.

20. Januar, 2002

Das Haus meines Vaters[1]

Der alte Brief von Juan José Elhuyar war ein Teil des Nachlasses meines Vaters. Damals, als er noch Student in Uppsala war, kam der Brief in seinen Besitz. Auf welche Weise er zu dem Brief kam, blieb mir allerdings unklar. Als er davon erfuhr, dass ich mich in die baskische Sprache einzuarbeiten begann, übergab er mir den Brief.

„Schau, mein Sohn, dieses Dokument habe ich in meinen alten Unterlagen gefunden. Um die Wahrheit zu sagen, ich habe keine Ahnung, in welcher Sprache es geschrieben ist. Und vor allem, frage ich mich, was dieser Brief im Labor hier in Uppsala zu suchen hatte? Aber da dir ja diese außergewöhnlichen sprachlichen Themen so gut gefallen, bin ich mir sicher, dass du mit diesem Brief etwas anfangen kannst..."

Jetzt befinde ich mich in San Sebastián. Es ist der Feiertag des Stadtpatrons. Weit entfernt von meiner Heimat. Die ganze Stadt ist betrunken und meine Laune könnte nicht besser sein. Diese Erlebnisse würden die kulturellen Vorurteile und Mutmaßungen jeglicher angeblicher Experten bezüglich des Themas der „baskischen Lage" sicher verändern. Die Stimmung von Spontanität, die man hier pur einatmet, die geradezu elektrisierend ansteckend ist, könnte man höchstens mit der unaufhaltsamen Ver-

---

[1] Anmerkung des Übersetzers: Der Titel bezieht sich auf ein bekanntes Gedicht „*Defenderé* la casa de mí padre" (Ich werde das Haus meines Vaters *beschützen*) von Gabriel Aresti; der Originaltitel dieses Kapitels heißt auf Spanisch: „*Definiré* la casa de mí padre" (Ich werde das Haus meines Vaters *beschreiben*).

breitung einer Plage vergleichen. Aber auch wenn man in Betracht zieht, dass das alles eigentlich nur der unkontrollierte Ausdruck einer riesigen Welle alkoholischer Berauschtheit ist, die über die Stadt hinweg schwappt, sollte man vielleicht weniger von einem Virus, weniger von einer Krankheit, sondern eher von einer sozialen Situation reden, die nicht nur so vorbereitet und beschlossen, sondern auch erhofft und erwartet wurde. Mit gefülltem Bauch und baumelnder Seele kann ich mich in diesem Hexensabbat[2] einfach nicht fremd fühlen. Vielmehr fühle ich mich durch das pausenlose Donnern der Trommler an das Trinkgelage gerufen. Ich bin gerade zu Hause. Es würde mir gefallen, hier zu bleiben und zwar für immer. Warum sollte ich es nicht sagen? Es würde mir gefallen, Baske zu sein und das auch unter dem Einfluss all diesen Alkohols. Vielleicht ja auch gerade weil ich so betrunken bin und das auch bleiben möchte. Doch jeder Trunkenheit folgt ihr Kater. Die Zeit ist nichts Messbares und Objektives. Wer kann dem einen Preis geben? Nun, ich würde dem einen Preis geben. Ich würde mein Leben dafür hergeben, öfters das zu fühlen, was ich hier in diesem Tumult in San Sebastián fühle. Ich zu sein, so wie jetzt gerade, für immer.

Als ich die Chronik von Juan Josés Tod (Mord?) in der Zeitschrift *Elhuyar* las, erschütterte mich diese Nachricht tief. Dabei handelte es sich nur um einen historischen Bericht. Jener Elhuyar, welcher nicht sehr alt werden würde, war sich von Anfang an der Gefahr bewusst, die sein Schicksal bestimmen sollte. Aber es scheint, als ob ihm diese Vorahnung nicht half, dem zu entgehen. Es scheint sogar so, als sei es umgekehrt gewesen, soll heißen, dass

---

[2] im Original: „akelarre" (auch Hexensabbat), welches eines der wenigen baskischen Wörter ist, die auch in der spanischen Sprache verwendet werden

es während seiner letzten Tage eben genau dieses Schicksal war, welches sich seiner weisen Vorhersage unerbittlich aufdrängte. Als er seinen Bruder Fausto über die Gefahren, die er bestreiten musste und die schreckliche Geheimnisse verbargen, aufklären wollte, tauchte etwas Sonderbares in all seinen Worten immer wieder auf: der Versuch, sich gegen dieses Schicksal zu wehren. Aber dennoch waren es genau diese Geschicke, die Juan Josés Leben ohne Mitleid und Erbarmen überrollten. Das Rad des Schicksals ist ein schrecklicher Feind, ein Feind ohne Vergebung.

Es kam eine neue Welt zum Vorschein, als der Ältere der Elhuyar-Brüder, von Amerika aus, an seinen jüngeren Bruder nach Europa schrieb. Von der neuen Welt zum alten Kontinent. Es waren die Ursprünge der Moderne. Die Ursprünge, die unser Leben später bestimmen sollten. Die Epoche des Untergangs der Tradition. Das alte Regime verfiel. Der faustische Geist ergriff auch Fausto. Es war zu der Zeit als J. W. Goethe seine romantischen Schriften veröffentlichte, die jugendlichen Werte preisend, als Juan José vom werdenden Kontinent schrieb. Er wollte die Veränderungen einer wissenschaftlichen Entdeckung mitteilen, die ihm das Leben kosten würde, die aber auch das Periodensystem der chemischen Elemente vervollständigen würde.

In den literarischen Erfolgen des frühen Goethe sind die Protagonisten immer Heranwachsende. Das führt zu den Problemen des Studenten Wilhelm Meister, als auch zu den Leiden jenes Heranwachsenden, der meinen Namen trug, Werther... Aufgrund ihrer Jugend waren sie nicht in der Lage, ihre Gefühle zu kontrollieren. Aber aus den Augen der Sturm-und-Drang-Bewegung gesehen, formte dieser Zustand, der eigentlich ein Mangel in der Chronologie ihres Lebens war, den Schlüssel zu ihrer

Schönheit und musste zurückgefordert werden. Für sie sollte die jugendliche Egozentrik die Grundlage ihrer Entscheidungen werden und später sogar zu einem ethischen Imperativ für die Handlungsweise der Romantiker heranreifen.

Jung sterben wollen an sich, das ist der Grund, der Goethes Charaktere in den verfrühten Selbstmord treibt. Die Zurückforderung des Individuellen, die Rechtfertigung des Jugendlichen, die Möglichkeit in den Tag hineinzuleben und die lateinische Maxime „Carpe Diem" wieder aufleben zu lassen, all das begründet die Aufforderung des frühen Goethe.

Diese ursprünglich einleitenden Vorschläge werden sich allerdings noch mit der Reife des deutschen Schriftstellers abmildern. Sein Faust wird sich ewig jung erhalten und unsterblich bleiben, obwohl er nur eine fiktive Figur in Goethes bekanntestem Drama ist. Die Gebote der modernen Aufklärung haben uns nicht durch Werthers Briefe erreicht, sondern in Theater umgeformt, durch die Wörter jenes Fausts, welcher seine Jugend für immer erhalten konnte. Dies war sein Erfolg, doch auch darin finden wir das Verlogene in seinem Vorschlag. Der sogenannte Mefistopakt, die Verfälschung eines unmöglichen Wunsches, die ewige Jugend. Die große Lüge. Es mag Leute geben, die behaupten, die Zeit wäre nichts ohne Erinnerung. Faust ist nichts ohne Darstellung.

Und dennoch, die mathematische und logische Strukturierung des Denkens, von der Renaissance erbt und in der Klassik ihren heiligen Höhepunkt erreichend, erhob die Figur Faust in solcher Weise, dass sie das Maß der Zeit, das sie übersteigen wollte, auch tatsächlich bezwang. Die moderne Vernunft wollte aus diesem Wunsch eine Realität machen und den Menschen zum Weltmaß erheben. Vielleicht war Voltaires *Candide* der erste literarische Protagonist in dieser Entelechie. All das, was nicht in diesem Vernunftmaß existierte, musste sterben. Deswegen war jener Mörder des Lichtes dazu verdammt, seine letzten Tage in dunklen Kerkern zu verbringen.

Das ist also der sich widersprechende Ursprung unseres heutigen Lebens. Auf der einen Seite wird kein anderes Maß als der Mensch, mit all seinem Egoismus, anerkannt, aber gleichzeitig wird jedwede menschliche Interferenz bei der rationalen Vermessung der Welt verneint. Goethes Vorschlag, von Faust ausgesprochen, war dazu gedacht, diesen Widerspruch zu überwinden, jung zu bleiben, ohne Selbstmord begehen zu müssen. Die Zeit vergehen zu lassen, während weiterhin Seite an Seite mit der Moderne geschritten wird. Ein immer junges Individuum. Mit dieser Erwartung wollte der klassische Goethe seinen Zielpunkt festlegen. Sein Vorschlag war trotz allem nicht mehr als Theater. Zweimal versuchte der deutsche Schriftsteller der Welt einen solchen Faust zu präsentieren. Einen Faust, an den die Nachwelt glauben konnte. Zweimal scheiterte er. Der Zauber in diesem Vorschlag liegt sicherlich darin, dass er bis zu unserer Zeit angedauert hat.

Die Ästhetik, ebenso wie die Ethik und die Politik in unserer aktuellen Welt, sind gekennzeichnet durch das Entstehen dieses Geistes des Aktivismus, der als faustisch charakterisiert werden kann. Diese Art, Dinge zu tun, deren einzige Hoffnung darauf gründet, sie eben selbst zu tun. In einer Aktivität, die Aktion ist, welche nicht aufgehalten wird, sich aber ständig wiederholt. Im Stil des Mythos der Penelope ist die Unsere, eine Zivilisation, die sich nicht in ihrer Aktion aufhalten lässt, sondern die ihre Achse im Nicht-vollenden, in der ständigen Suche nach Perfektion hat. Dieses Modell der Unreife, das zugleich die Rückforderung der Jugend ist, sei also die Bestimmung des prometheischen Tuns unserer Zivilisation. Faust reflektiert das alles, das Bild des jungen Mannes, der niemals stirbt, diese falsche Hoffnung, dieses Drama... diese Lüge.

Die individuellen Versuche, die dieses Modell der Jugend küren, der kindliche Peter Pan, in vitales Objekt umgewandelt, können die Beschaffenheit einer alten Gesellschaft nicht verstehen und müssen sie überwinden. Diese Form des Tuns und des Lebens benötigt einen Wechsel und eine Umformung der Tradition, sie braucht die Moderne, sie braucht den faustischen Geist.

All diese zusammengeschmolzenen Ideen ohne sichtbare Ordnung kamen mir in den Kopf, als ich einen Brief meines Vaters erhielt, in welchem er mich Teilhaber einer Entdeckung in Uppsala werden ließ.

„Es ist beeindruckend. Ein jahrelang verstecktes Geheimnis ist mir zu Händen gekommen, nachdem es an einem unbekannten Ort Jahrhunderte überdauert hat..."

Im Stil des frühen Goethe wollte der junge Elhuyar sein Geheimnis der ewigen Jugend erklären. Es lag in meiner Macht, eine historische Information von unschätzbarem Wert zu veröffentlichen. Ich dachte, das würde mein Leben verändern. Und tatsächlich, das tat es, obwohl auf anderer Art und Weise als gedacht. In meiner Naivität dachte auch ich, dass man bis hin zur Geschichte der Wissenschaft alles aus einer anderen Sicht lesen könnte, wenn ich den Stoff dieser Briefe erst einmal den richtigen Experten teilhaben ließ. Genau dies tat ich also und wie gesagt; ja, meine Geschichte änderte sich brüsk. Sie änderte sich auf grausame und zugleich komische Weise, obwohl weder Spaß noch Humor darin zu finden ist, wenn auch nicht unbedingt Leid und Schmerz. Doch um das zu verstehen, bedarf es einer längeren Erklärung. Denn das, was mir aufgrund dieser Briefe passiert ist, setzt mir auch jetzt immer noch zu. Darum werde ich die Geschichte erzählen.

Wenn der Blüten Frühlingsregen
über alle schwebend sinkt,
Wenn der Felder grüner Segen
Allen Erdgebornen blinkt,
Kleiner Elfen Geistergröße
Eilet, wo sie helfen kann,
Ob er heilig, ob er böse,
Jammert sie der Unglücksmann.

Faust
(Erster Akt des zweiten Teils der Tragödie)

Faust II. Erster Teil

Bogotá,
Neugranada
28. September, 1796

Geliebter Bruder, immer noch erinnere ich mich an die Jahre, die wir in Bordeaux verbrachten, an das Glück und auch die Missgeschicke dieser Weihnachtstage. Wein und Frauen. Bordeaux ist ein Bordell. Die jesuitischen Mönche fanden nie etwas über unsere Streifzüge heraus. Und wahrscheinlich hat uns all das gerade solche Freude bereitet, eben weil die Jesuiten nie dahinter kamen. Wir konnten aber nicht wissen, dass unsere Freunde dieser damaligen Abenteuer, Alatxa, Munibe oder Egia sich in unseren Judas verwandeln würden. Teufel! Wir hätten das vorhersehen können. Doch wir blieben blind. Ich erinnere mich auch an das Theaterstück, das Peñaflorida schon vor 30 Jahren schrieb und leitete: *El borracho burlado (der verlachte Betrunkene)*. Ich war genauso wie er. Obwohl in diesem Werk ohne Unterscheidung spanisch und baskisch benutzt wurde, war es ein wahrhaftes Vergnügen. Von all dem habe ich in meinen Gedanken vor allem noch eine Person präsent: Manuel de Vicuna. In Wahrheit war der zwar bloß ein Assistent Peñafloridas, aber noch heute steht er mir tapfer bei. Ich muss dir unter anderem mitteilen, dass sich unsere geliebte Schwester momentan wieder zu Hause befindet, und den Umständen entsprechend ist das nicht wenig.

Gar nicht so lange ist es her, dass mich Nachrichten von der Familie erreichten, durch einen von dir geschickten Ehrenmann, durch den werten Herren Humboldt. Er scheint ein guter Mann zu sein. Dank ihm habe ich erfahren können, dass du dich in Mexiko befindest und dort als Generaldirektor der Minen arbeitest. Du versuchst, ein königliches Seminar der Metallurgie aufzubauen. Ich hoffe das gelingt dir. All das freut mich wirklich sehr. Unter anderem, weil es mir zeigt, dass du dich nicht in der gleichen misslichen Lage befindest wie ich. Aber lass mich dich erneut darauf hinweisen: Wähle deine Schritte vorsichtig, es fehlt uns nicht an Feinden. Es sind Feinde mit großem Einfluss und großer Macht.

Ich hatte die Möglichkeit, mich lange und ausführlich mit Herrn Humboldt zu unterhalten. Wir haben über alles geredet, über alte Erinnerungen und neue Theorien, über gemeinsame Bekannte, über die Nachrichten aus Europa, etc.

Nicht nur dass er gutes Spanisch spricht und perfekt weiß es anzuwenden, er spricht auch unsere Sprache und um ehrlich zu sein, hat mich das wirklich überrascht. Es scheint tatsächlich so, als ob die Sprache, die wir verwendet haben, um unsere wertvollen Nachrichten auszutauschen, gar nicht so unbekannt wäre. Das hat mir Sorge und Misstrauen bereitet. Haben wir in dem Dokument etwa Dinge geschrieben, die jeder verstehen kann, wenn er nur euskara (baskisch) spricht? Wir werden dies vermutlich niemals herausfinden - vielleicht - zumindest sind wir dazu verdammt, mit dieser Unsicherheit bis zu unserem Tod zu leben...

Wie ich eben gesagt habe, war das Treffen mit diesem Preußen gewiss eine der reichsten Erfahrungen, die ich in dieser stürmischen Epoche machen durfte. Er kennt das royale Kolleg in Paris sehr gut, ebenso unsere einstigen Professoren D'Arcet und Roeuelle, von welchen er aufgrund seiner Forschungen immer noch Nachrichten bekommt. Da er in der apodemischen Methode des Reisens ausgebildet wurde und da er, vielleicht gerade deswegen, viel freier als wir alle in all seinen Reisewegen ist, ist sein Gedächtnis ein unerschöpflicher Speicher. Auf interessante Weise ist alles an ihm eine Art Reflektion der Lehre und Belehrung, die im heutigen Europa praktiziert wird. Mit anderen Worten gesagt: Es ist die Bildung durch den Weg des Reisens, die auch „recorrer Cortes" (Parlamente ablaufen) genannt wird.

Er hat mich an die Kontakte erinnern lassen, die wir vor inzwischen schon zehn Jahren bei unserer Reise nach Schweden gemacht hatten, unter anderem, das Treffen mit dem sogenannten Anwalt J. W. Goethe. Als ich ihn kennenlernte, sprach er sehr gutes Französisch, da er in Straßburg studiert hatte und in der Schweiz wohnte, obwohl Frankreich selbst scheinbar nicht seinem Geschmack entsprach. Dieses Jahr hat er ein Werk aufgeführt, welches deinen Namen trägt, so glaube ich.

Wie du schon wissen wirst, hatte ich bei der Rückkehr von Schweden die Möglichkeit, noch eine Zeitlang in Schottland zu verweilen. Darüber musste ich natürlich nicht lange nachdenken. Allerdings hatte dieses Unternehmen auch seine Schwierigkeiten. Der Krieg gegen den König Spaniens begann gerade und ich hatte Angst, dass sie mich als Spion der Krone festnehmen würden. Mich hatten schon immer die Themen interessiert, die mit der Metallurgie zu tun hatten und ich wollte also die Brennöfen von Glasgow und Edinburgh besuchen. Doch das war unmöglich. Es ist aller Welt bekannt, dass die Kanonen, die dort geschmolzen werden, der Neid aller Nationen sind. Und die Wolle. Schafe und Stahl. Zwei Welten, die gut zusammengebracht jedweden Erfolg dieser Tage voraussetzen: Verwaltung und Artillerie. Darum ist Schottland die Wiege von ausgezeichneten Regimentern, obwohl diese zurzeit, zu ihrer Schande, nicht auf der eigenen schottischen Seite kämpfen, sondern unter der Führung ihrer englischen Besatzer. Die englischen Heere sind nicht allzu weit von ihren nördlichen Nachbarn entfernt und es scheint mir, als überwache man dort die Schotten mit einem jahrhundertealten Misstrauen.

In den Stahlfabriken beispielsweise sind die Engländer die Besten und dies erklärt so ziemlich die Geschichte, die ich dir nun erzählen werde. Kommen wir also dazu.

Seit dem 15. Jahrhundert ist die Zitadelle von Edinburgh unter ausländischem Joch. Genauer gesagt: In englischen Händen. Von dort schauen unbeirrt die Flakgeschütze von Mills Mount, die riesigen und berühmten Kanonen von Mons Meg. Zum Glück gehorchen nicht alle Schotten brav den Engländern und dank denen, die sich widersetzen, habe ich es geschafft, in Ruhe aus dieser Gegend wieder zu verschwinden. Mit ihrer Hilfe durchquerte ich Schottland in Richtung Süden, bis zu den

27

Highlands. Danach musste ich den Militärrouten ausweichen, die die Briten gerade von Glasgow aus errichteten und den Großteil meiner Reise Feldwege nutzend und Felder durchquerend, konnte ich schließlich mein Ziel erreichen. Als ich endlich auf die Gefolgsleute von Prinz Carlos (Bonni Prince Charlie) traf, war ich gerettet. All das dank der Schotten, an die ich mich jetzt pflichtgemäß zurückerinnere. Vom Hafen Kyle of Lochalsh aus, führte mich mein Weg zur Isle of Skye und mit der unschätzbaren Zusammenarbeit mit dem Mac-Donald-Clan, konnte ich schließlich den Heimweg antreten. Ich weiß nicht, ob ich mich an Gloria Mac-Donald erinnern sollte, die in diesen Tagen die Geliebte von Jakobiner-Führer Charles Edouard Stuart war. Sie war eine vollendete Spezialistin im unbemerkten, fast unsichtbaren Reisen durch Feindesgebiet. Man sagte mir, sie hatte es einmal geschafft, Prinz Carlos als irisches Dienstmädchen verkleidet zur Flucht vor seinen Feinden zu verhelfen. Dies, wenn auch nicht in ebengleicher Weise, tat sie mit mir. Sie ist eine dieser Frauen, die weit mehr als ihren eigenen Herd kennen. Ich hoffe, sie lebt noch und dass Gott sie in seiner seligen Geborgenheit schütze.

Obgleich das alles schon sehr gefährlich war, so war es umso gefährlicher auf die englischen Hoheitsgebiete zu gelangen. Jedenfalls konnte ich auch dort nicht viel dazu lernen. Die Basis meiner Forschungen blieb Schweden, vor allem die Experimente mit Metallen, die ich unter der Leitung der Professoren Hjelm und Scheele ausführte. Das waren große Erfolge und zwar nicht nur im Labor. Doch leider kommt mein momentanes Unglück auch von diesen Momenten. Ich verstehe noch nicht, warum der Graf von Castejón nicht glauben mag, dass ich nie an die Formel für Kanonen, die sich nicht selbst aufheizen, kam.

Für ihn ist die Entdeckung des *schweren Steines*[3] ein Betrug, ein Ablenkmanöver. Er verdächtigt mich, Geheimnisse zu verbergen und in Wahrheit weit mehr herausgefunden zu haben. Als wir uns in jenem Dorf in der Nähe Simancas trafen, ließ er nicht nach, mich daran zu erinnern. Er würde mir diesen Fehlschlag niemals verzeihen. Seitdem muss ich für meine Worte büßen.

---

[3] Der *schwere Stein* bezieht sich hier auf das Element Wolfram, das auch Tungsten bzw. *Tung Sten* (schwed. für „schwerer Stein") genannt wird.

4. Mai, 2002

HYVÄÄ PÄIVÄÄ

So sagt man Guten Morgen auf Finnisch. Auf Baskisch war das erste, was ich lernte aber nicht Egunon (Guten Morgen). Das erste, was ich auf Baskisch sagte, war: „Nire izena Werther da" (Mein Name ist Werther). Und von da an... „Kaixo, egunon..." (Hallo, Guten Morgen) ich bin Werther Bernadotte Aikio, Student, in Joensoo geboren. Aufgrund des Erasmusprogrammes für europaweite Mobilität des Studiums befinde ich mich in Euskal Herria (das Baskenland). Ich weiß nicht, ob ich in der Lage wäre, all das in einem passenden Baskisch zu sagen, da ich, obwohl ich in die Sprache verliebt bin, noch viele Probleme dabei habe, sie mündlich korrekt zu benutzen.

Obgleich ich finnischer Nationalität bin, fühle ich mich überhaupt nicht so, da meine Mutter von samischem Ursprung ist. Wie es sicher bekannt ist, hat das samische Volk, welches auf nördlichen Böden zu Hause ist, weder einen eigenen Staat, noch akzeptiert es die Staaten, die ihre Rentierweiden verwalten. Die Samen leben außer auf der Halbinsel Kola, auch in den nördlichen Teilen von Norwegen und Finnland. Zudem leben sie auch verstreut in den angrenzenden Gebieten. Sie sind Rentiertreiber und vor allem sind sie Nomaden.

Meine Mutter pflegte mir immer zu sagen, dass wir die Zigeuner des Nordens sind. Das wiederholte sie immer, wenn sie merkte, welches Erstaunen es bei den Leuten aus dem Umkreis auslöste, wenn sie uns in einer für die Beistehenden unverständlichen Sprache reden hörten und, wie die Zigeuner von früher, fügte sie hinzu: „Folge deinem Herzen und ER wird dir den Weg zeigen, während du lebst."

Das samische Volk hat die Jahrhunderte überdauert und obendrein die Grenzziehungen bis zu unserem neuen Europa, ohne jemals ein richtiger Teil von Europa zu sein, und das mit den gleichen Wurzeln im alten Europa wie der Rest ihrer Nachbarvölker. Als Zigeuner oder als Nomaden, unser Volk hat die Geringschätzung von denen, die es umzingelten, eingesteckt. In Wirklichkeit hätte es anders herum sein müssen, da es durch einen Zufall der Geschichte die Finnen selbst waren, die sich mit den magyarischen Völkern und Zigeunern vom entfernten Ungarn verschwägerten, während unsere Geschichte schon seit jeher an Skandinavien gebunden ist. Aber unsere Geschichte ist nicht nur von Ironie, sondern sogar von Sarkasmus geprägt und wir wurden auf traurige Weise von den anderen abgehängt. Für die samischen Nomaden gibt es weder eine rechtliche noch eine anerkannte politische Identität. Man kann beispielsweise Norweger oder Finne sein, aber kein Same. Die natürliche Weitergabe unserer Sprache existiert heutzutage kaum noch.

Einmal sagte meine Mutter: „Den Dialekt von diesem Alten versteht schon niemand mehr. Er ist der letzte Überlebende seines Clans und niemand kennt seine Sprache, darum redet er nicht und wenn er redet, dann kümmern sich die Leute nicht drum, weil es zu schwer ist, ihn zu verstehen..."

Ich komme aus einem Dorf, dessen Kultur und Art zu leben langsam verschwinden, aber seltsamerweise habe ich davon bis vor kurzem kaum etwas gemerkt.

Ich weiß noch wie ich meiner Mutter sagte: „Irgendwie ist das komisch, wir verstehen unsere Alten nicht und wollen doch ihre Sprache verwenden..."

31

Wie schon erwähnt, bin ich in Joensuu geboren, im Südosten Finnlands. Nun gut, um genauer zu sein, müsste ich noch weiter ins Detail gehen und sagen in Karelien... besser in Südkarelien. In diesem Gebiet gibt es logischerweise keine Samen und unlogischer Weise auch keine Karelier. Als Finnland dank der sowjetischen Revolution seine politische Unabhängigkeit erreichte, begann ein Kreuzzug linguistischer Genesung und die finnische Sprache verwandelte sich in ein unverzichtbares Instrument für alle Alltagsbeschäftigungen, aber darauf werde ich später noch genauer eingehen.

„Wenn Finnland nicht die Unabhängigkeit erreicht hätte, würden wir heute alle russisch reden", so war die Meinung meiner Mutter.

Die Sache ist, dass in den Ebenen von Karelien die ursprünglich finnische Bevölkerung mit jenen Kareliern zusammenlebte, welche immer noch ihre eigene Sprache bewahrten und benutzten. In der Zeit nach der Unabhängigkeit bewegte sich die Grenze zu den anliegenden Gebieten der Sowjetunion in unstetem Rhythmus. Andererseits brachte der Prozess der linguistischen Normalisierung des Finnischen eine Serie von Umwälzungen mit sich, die die Landschaft veränderten, ebenso toponymisch, als auch stammes- und familienrechtlich. Im von Helsinki regierten Gebiet von Karelien verwandelte sich alles in Finnisch, während der Sprachgebrauch des Karelischen Stück für Stück zurückging. Eine Situation, die im Gegensatz zum russischen Karelien, dazu führte, dass jedweder Indikator der Existenz einer karelischen Sprache in Südkarelien beinah komplett verschwand. Mir zum Beispiel passierte es einmal, dass ein alter Studienkollege sagte:

„Ich habe mich darüber unterrichtet, dass die Familiennamen meiner Großeltern nichts mit den Meinigen zu tun haben. Offensichtlich sahen sie sich nach der Unabhängigkeit Finnlands verpflichtet, ihre Namen zu Namen mit finnischen Wurzeln umzuändern und nun, als ich das erfahren habe, kam mir wieder in den Kopf wie sie unter sich, der Großvater und die Großmutter flüsternd eine uns unbekannte Sprache benutzten."

Diese Situation ist normal an der Universität in Joensuu, wo die Studenten nicht wissen, dass in anderen Kreisen außer dem Finnischen noch andere Sprachen gesprochen werden. All das wird aufgrund der Nähe zur Grenze noch unübersichtlicher, ein Einfluss, der durch die Aneignung eines finnischen Nationalismus noch insoweit verschlimmert wird, dass Karelien und das Karelische als Sprache sowie als Bezeichnung mit der damaligen Sowjetunion bzw. aktuell mit dem heutigen Russland gleichgesetzt wurden und werden.

„Diese Sprache ist ausländisch, von der anderen Seite der Grenze", sagte der Ladenbesitzer bei uns im Dorf immer, um uns bloßzustellen.

Meine Mutter kam jedenfalls nicht aus Karelien, sondern aus Lappland, genauer gesagt aus Rovaniemi. Sie kam nach Joensuu, um dort auf der Universität Lehramt zu studieren. In der Fakultät der Erziehungswissenschaften schloss sie zuerst das Magister ab, um danach ebenfalls dort zu promovieren. Einmal zur Professorin geworden, in dem Bereich, in dem sie auch Studentin gewesen war, lernte sie im Laufe der Zeit den jungen Norweger Christian Bernadotte kennen, dessen Frau sie dann später auch wurde.

„Warum bist du ausgerechnet hierhergekommen?" fragte meine Mutter misstrauisch den, der später mein Vater werden sollte.

Er, mein Vater, unterrichtete Chemie in der wissenschaftlichen Fakultät, aber er traf meine Mutter in einem

Kurs über Geschichtswissenschaft, der in der Fakultät der Geisteswissenschaften gegeben wurde. Der Unterschied zwischen Herkunft und Bildung war weniger Hindernis als vielmehr der Ansporn, der Neugier weckte, den anderen kennenzulernen. So fingen also ihre Treffen an, gingen jedes Mal mit wachsender gegenseitiger Anziehung weiter und verbanden sie jedes Mal mehr, durch ihren Wissensdurst angetrieben. Obwohl meine Mutter inzwischen schon gestorben ist, kann ich sagen, dass diese Beziehung heutzutage immer noch auf eine gewisse Weise zwischen mir und meinem Vater weiterlebt.

„Ich kann die Vergangenheit nicht vergessen..." habe ich diesen heimatlosen Norweger schreien hören. „Das muss ich deiner Mutter sagen", wiederholt er manchmal ohne daran zu denken, dass sie schon gar nicht mehr unter uns weilt.

Die Tiefe dieser Beziehung rührt mich immer wieder an (sei es der Einfluss von Ödipus oder irgendsoetwas ähnliches) und darum entschied ich mich, Philosophie zu studieren, die Disziplin die beide verband. Mir war zu der Zeit sowieso nichts so richtig klar. Ich hatte viele Fragen und kaum Antworten. Von dort zur Philosophie war es also kein weiter Schritt mehr. Durch das Studium öffnete sich mir dann auch die Möglichkeit, mich von all dem Bekannten zu entfernen und zwar durch das ERASMUS-Programm. Ich brauchte einfach Distanz. Darum bin ich hier, im Baskenland. Ich bin mir darüber bewusst, dass ich noch mehr Informationen preisgeben muss, um vollständig zu erklären, was mich nach Donostia (baskischer Name der Stadt San Sebastián) verschlagen hat. Darum erzähle ich hier vor diesem Videorecorder nun alles, was mir in den Kopf kommt, obwohl es mir schwer fällt, das in besonders geordneter Weise zu tun. Der junge Mann, der euch dies hier alles erzählt, ist kein typischer

Finne. Das ist mir klar. Tausendmal schon habe ich gehört:

„Hey du, Brauner, Moreno[4]...“

Nein, ich bin weder blond, noch dünn, ich bin ein Mischling, eine Folge der Kreolisierung. Außerdem weiß ich nicht einmal, ob mein Leben oder das, was mir geschehen ist, überhaupt irgendjemanden interessiert. Weder *meine*, noch die Geschichte, die ich erzählen möchte... Aber ich muss sie einfach erzählen.

Vielleicht wird sich unsere Geschichte hier und jetzt (ich sage *unsere* mit dem Gedanken, dass sich eines Tages vielleicht jemand dieses Videoband anschaut oder anhört) für immer verlieren, aber auch wenn das wohl das Wahrscheinlichste ist, kann ich es nicht lassen, sie hier darzulegen. Darum rede ich jetzt, darum will ich alles klarstellen, was versucht wurde, zu vertuschen. Ich tue das mit Hilfe der Dokumente, die ich gefunden habe: Faustos Geheimnis.

---

[4] „Moreno“ steht im Spanischen für einen dunklen Hauttyp und schwarze Haare, braune Augen, etc. Es gibt kein eindeutiges dt. Pendant dafür, könnte aber mit *dunkler Typ* übersetzt werden.

Bogotá,
Neu Granada
28. September, 1796

(Fortsetzung...)

Wie du inzwischen gewiss erfahren hast, war der Brief, den ich dir vor sechs Jahren schickte, nicht sicher genug. Ich wurde festgenommen und inhaftiert. Ich habe viel unter den Umständen gelitten, die mir der Herr auferlegt hat. Ich litt Einsamkeit. Ich litt Isolierung. Ich dachte schon, ich würde verrückt.

Um mich nun also von der Einsamkeit wieder zu befreien und dir wieder etwas näher zu kommen, habe ich es gewagt, dir wieder einmal zu schreiben. Ich will dir alles erzählen. Es wird mir nicht leicht fallen, aber anstatt mich wieder den vorausgegangenen Fehlern geschlagen zu geben und entmutigen zu lassen, will ich nun genug Kraft aufbringen, um die Entscheidung, die ich getroffen habe, weiterzuentwickeln und auszuführen. Es steht viel auf dem Spiel und du solltest niemanden an dem, was ich dir erzählen möchte, teilhaben lassen. Du wirst der einzige Beschützer und Bewahrer dieses Geheimnisses sein. Ich ließ dafür alles zurück, verlor meine Ehre und früher oder später werde ich dafür auch mein Leben geben müssen. Das wünsche ich dir nicht. Behalte du deine Ehre, behalte dein Leben und bewahre unser Geheimnis.

Obwohl ich einerseits keine greifbaren Beweise habe, so wird mein Verdacht doch immer größer. Andererseits wird der Kanal, den wir für den Austausch unserer Informationen nutzen immer sicherer, gewiss zumindest ungefährlicher als unser vorheriger. Ich werde dir einige

Dinge erklären, die ich anzusprechen bis jetzt noch keine günstige Gelegenheit hatte. Ich muss dir etwas sagen, was große Wichtigkeit für uns beide hat.

Diese Angelegenheit ist keine Einfache und damit du sie in ihrer Komplexität verstehst, werde ich sie dir im Folgenden schrittweise und detailliert erklären. Grundsätzlich werde ich auf Einzelheiten eingehen, die dir schon bekannt sind, um dir noch ihre zweite, ihre versteckte Seite aufzuzeigen. Denn wie jede Münze hat auch unser Leben eine Sonnen- und eine Schattenseite. Ich werde dir diesen geheimen Teil darlegen, den weder du durchschaut hast, noch sonst jemand aus unseren Kreisen. Ich bin etwas nervös, aber ich werde versuchen, so genau und präzise zu sein wie möglich. Fangen wir also an.

Um zu beginnen, muss ich dir zunächst unseren Vater als Person etwas näher bringen. Du wirst es schon wissen und wenn nicht, so sage ich dir jetzt, dass die Reisen und Studien von Don Juan nicht von ihm bezahlt wurden. Vielleicht hast du es noch nicht bemerkt, aber die Beträge, die in seinem Testament für die Bezahlung unserer Bildung eingetragen sind, waren unmöglich mit dem Vermögen zu tragen, das er besaß. Das ist offensichtlich.

Es mag dir seltsam vorkommen, aber unser Vater war die wichtigste Person einer geheimen Gesellschaft, die half, dass unser Studium in der Richtung verlaufen konnte, wie es im Testament festgesetzt wurde. Ich werde dir keine Namen nennen, aber wenn ich sterbe, wird sich ein Mitglied dieser Bruderschaft an dich wenden, so dass der Faden, der uns seit jeher verbunden hat, weiterhin dieses Netz von Fortschritt und Weisheit durchwirken kann.

Du wirst verstehen, dass du schon bald zu einem von uns werden kannst, schon durch den Fakt, dass auch ich, wie schon unser Vater, einen Teil dieser Gesellschaft geformt habe. Vielmehr, alles, was ich dir von jetzt an sagen werde, hat seinen Ursprung in dieser Zugehörigkeit.

Obwohl ich mich nun in einer misslichen Lage befinde und mich vom Wahnsinn bedrückt fühle, bereue ich nichts von meinen Taten. Bis zu der Stunde, in der ich dir diese Zeilen schreibe, ist noch kein Wort von mir nach außen gedrungen. Du bist, geliebter Bruder, der einzige Empfänger dieses Bekenntnisses und der Fortführer unserer Mission. Es gibt keine andere Möglichkeit.

Wie gesagt war auch unser Vater ein Mitglied dieser Gesellschaft. Deswegen verließ er Saint-Jean de Luz, um gemeinsam mit unserer Mutter, kaum des Spanischen mächtig, nach La Rioja umzuziehen. Die Inquisitoren jenes Ortes nahm sofort unsere Spur auf, doch dank des guten Rufes, der uns trotz aller Gerüchte und dem fortwährenden Gemunkel vorauseilte, wurden wir ehrenvoll von den meisten unserer neuen Nachbarn aufgenommen. Um dieses saubere und christliche Bild zu akzentuieren, wurden wir zum Studium zu den Mönchen geschickt. Obwohl du dich heute darüber wundern könntest, andere Mitglieder dieser Bruderschaft waren beispielsweise auch Samaniego und dein Freund Foronda, ebenso wie ein Mitglied der Heiligen Inquisition selbst, Graf de Narros. Dieser Letzte insoweit, dass er Sekretär auf Lebenszeit der königlichen Gesellschaft der Freunde des Landes war. Zudem hat er die Trauungen in unserer Bruderschaft durchgeführt. Aber das werde ich dir später erzählen.

10. Mai, 2002

EN OSAA PUHUA SUOMEA

„Ich kann kein Finnisch" war das Einzige, was meine
Mutter in ihrer Kindheit auf Finnisch sagen konnte. Abhängig vom Einfluss der Jahreszeiten, kam normalerweise immer zum Sommer hin die Familie meiner Mutter
nach Rovaniemi. Sie kamen, um am amerikanisierten
Markt dieser Stadt ihre Geschäfte zu machen, verbunden
mit der samischen Kultur, Rentierfleisch, Hörner und Fel-
le, Fuchszähne usw. zu verkaufen. Dort konnten sich die
Touristen, die gekommen waren, um die Mitternachtssonne zu erleben, auch den vom Aussterben bedrohten
Exemplaren des Stammes nähern und sich Andenken an
das samische Dorf mit nach Hause nehmen. Die Aufgabe
des vorgeblichen Übersetzens erfüllte meistens ein Be-
gleiter der *Tours Operator*, welcher in den seltensten Fällen
die Sprache meiner Vorfahren sprach. Die Touristen ihrerseits nahmen kaum Kenntnis davon, dass die Sprache,
die von unseren Vorfahren gesprochen wurde, ganz anders als Finnisch klang. Meine Mutter musste unseren
Besuchern aus Helsinki, die für einen Spottpreis ein Andenken von ihrem Urlaub haben wollten, trotzdem immer wieder ohne Unterbrechung „En osaa puhua
suomea" wiederholen.

„Wie viel würden Sie dafür zahlen?" sagte sie, als würde sie ein Theaterstück aufführen, um einen anständigen
Preis heraus zu handeln.

Auf diese Weise und durch das tägliche Benutzen lernte
sie schnell die Sprache der Hauptstadt und auch Eng-
lisch, was die Sprache der Tourismusbranche war. Mit

dem so erarbeiteten Geld erlaubte sie sich zum Feierabend im Hostel Rabintola zu essen.

"Is there anything I can do about your accommodation?..."

Das Rabintola ist einige hundert Meter von der Shelltankstelle entfernt, links neben dem Busbahnhof. Zumindest war es da. Für alle die vom Norden kamen war diese Tankstelle im Umkreis von einhundert Kilometern die einzige Möglichkeit, Gasflaschen zu kaufen. Dort war es nicht nötig „Verzeihen Sie, ich rede keine Finnisch" zu sagen, da fast alle Arbeiter aus der Region von samischer Herkunft waren. Obwohl die Küche und die Lebensmittel von finnischem Stil waren, fühlte meine Mutter sich in jenem Speisesaal, umgeben von Ihresgleichen immer sehr wohl.

„Ich rieche immer noch den Geruch von geräuchertem Fisch, der in den Räumen dort lag", sagte sie.

Damals war sie so glücklich, dass sie fast nicht bemerkte, wie sie sich von ihrer Kindheit distanzierte, dass sie immer weniger Mädchen war, vielmehr sich in eine junge Frau entwickelte. Ohne zu Zögern ließ sie sich in einer Pension in Romanievi nieder, um ihr Hochschulstudium zu absolvieren. Auch ihre Sprache fing an, sich zu verändern. Das hatte sie so nicht geplant. Sich vom Suomi immer mehr entfremdend, wurde ihr Finnisch immer besser. Nach kurzer Zeit schon konnte sie sich in dieser erlernten Sprache besser ausdrücken und fühlte sich im Finnischen sogar wohler. So vergaß sie Stück für Stück ihre Muttersprache. Sie hatte nie die Gelegenheit gehabt, das standardisierte Suomi zu lernen, weswegen sie zudem oft Zeitformen und Bedeutungen verwechselte.

„Wo komme ich her?"

Und das, was wie eine tiefgründige metaphysische Frage schien, war nicht mehr als die schlechte umgangssprachliche Verwendung einer Sprache, welche bis vor kurzem noch die Ihre gewesen war, doch deren Beherrschung ihr mehr und mehr entwich.

Gleichzeitig zu diesem linguistischen Prozess, verschwommen im mütterlichen Gedächtnis auch die Bilder von ihrem einstigen Dorf Inari, und die Erinnerungen an den Fluss Lemmenjoki, der durch dieses Dorf floss. Sie vergaß diese Erlebnisse und wurde immer mehr zu einer Finnin.

„Ich kann schon nicht mehr mit unseren Alten reden, aber auch nicht mit den Jungen. Ich verstehe sie nicht..." In dieser kurzen Aussage, in diesen Anekdoten über die Sprache spiegelte sie in gewisser Weise die gesamte samische Geschichte wider. Die schon so lange angekündigte Geschichte vom Verschwinden einer kleinen Kultur, auf dem Weg zur Extinktion.

Seit den Zeiten, in welchen die Dinge noch reden konnten, wie wir Samen sagen, bis 1750 gab es in den samischen Gebieten keinen Staat, erst recht keinen Staat, der das Land verteilte und Grenzen auf den samischen Böden zog. Bis zum neunzehnten Jahrhundert waren es die schwedischen Gesetze, die ihre Macht auf die großen nordischen Ebenen indoktrinierten (von der lappländischen Grenze bis zum Nordkap). Die samischen Territorien wurden in Siidet (Landstriche) eingeteilt, durch Grenzsteine und Zeichen getrennt. Die samische Bevölkerung dieser Gebiete oder Siidets beteiligten sich mit dem zehnten Teil oder Steuern am Staat, doch das beeinflusste weder die Organisation des Lebens noch die Kultur in diesen Zonen. Deshalb existierte die samische Kultur über die Jahrhunderte neben den schwedischen Gesetzen ohne dass es gegenseitige Einmischung oder Konflikte gab. Der Strömstadpakt (1751) legte dann die erste Grenze zwischen den samischen Gebieten fest. Ihre Bewohner, die schon immer wie unreife nomadische Zigeuner behandelt wurden, hatten weder einen unabhängigen Staat errichtet, noch schienen sie Verlangen nach diesem patriarchalischen Schutz zu haben. Doch nun, seit diesem Abkommen wurden die samischen Gebiete zwischen den skandinavischen Staaten distribuiert. Später teilten vier verschiedene Kräfte (Russland, Finnland, Norwegen, Schweden) ihre Einflusszonen auf das ganze Gebiet untereinander auf. Im Strömstadpakt waren zumindest auf dem Papier noch einige Rechte für das samische Volk gewahrt. Es erlaubte ihnen mit ihren Herden die Grenzen zu überschreiten und es erkannte auch ihre Einigkeit und nationale Identität an. Auch heutzutage ist es noch so, obwohl der Großteil ihrer Erkennungsmerkmale als Volk, die Sprache mit eingeschlossen, praktisch verschwunden sind.

„Wir sind ein von der Landkarte getilgtes Volk." hat der Präsident des samischen Parlamentes vor kurzem behauptet.

Als 1808 Schweden den Krieg gegen Russland verlor, verwandelte sich die Zone, die das heutige Finnland ist, zu einem autonomen Gebiet unter russischer Abhängigkeit. Die Ausbreitung der Landwirtschaft führte zu Auseinandersetzungen zwischen Hirten und Bauern und ab 1840 trat das sogenannte „Schutzzaungesetz" in Kraft. Theoretisch wurde dieses Gesetz zum Schutz der Wanderherden ausgerufen, aber praktisch diente es dazu, den landwirtschaftlichen Interessen gegenüber den Viehtreibern eine legale Unterstützung zu geben. Die alten samischen Gepflogenheiten konnten keine Umzäunung von Land akzeptieren und aus den Kämpfen um diese Problematik gingen die Samen immer als Verlierer heraus. Alle Arten von Regeln, Ordnungsstrafen und Gesetzen entluden sich über unser Volk, sie wurden dazu gezwungen, legale Mittel für ihre Verteidigung zu nutzen. Doch genauso wie die russische Regierung, ließ auch die norwegische Regierung die Samen nicht die Stimme erheben. In Finnland seinerseits war der Zugang über die nördlichen Grenzen jahrelang verboten. Für Schweden galt dasselbe und soviel ich weiß, geht diese Problematik heutzutage in ebengleicher Weise weiter. Das bedeutet, dass die Rechte der Samen durch den jeweiligen Staat bedingt sind, der gerade das bestimmte Gebiet verwaltet. Gegenwärtig können die schwedischen Samen im Sommer zu den Weiden in Norwegen gehen. Dementsprechend dürfen die norwegischen Samen ihre Herden auf der Suche nach Nahrung nach Schweden bewegen. Das alles wird seit 1981 durch das Pohjoiskalottikomitea (das nordkalottische Komitee) reguliert, aber alles unter der Aufsicht dieser großen skandinavischen Staaten.

Trotz alledem und vor allem gegen das idyllische und unzeitgemäße Image, das man an die Touristen im Dorf verkauft, hat man durch die Erfahrung aus der Geschichte viel juristisches und politisches Wissen angesammelt. Die Notwendigkeit grenzüberschreitend zu leben (vielleicht könnte man sagen: ein Überleben im Kampf gegen Grenzen) hat uns plurilingual (vielsprachig) gemacht. Der Satz „Woher kommst du?" hat sich schon fast in unseren Gruß umgewandelt, da die Antwort uns schon die Sprache vorgibt, die wir in unseren Beziehungen benutzen müssen. Fast alle Samen haben immer ihre eigene Sprache als Umgangssprache, zusätzlich zu den anderen skandinavischen Sprachen, benutzt. Die Notwendigkeit zur Tugend gemacht. Unsere unstete Geschichte, immer ohne festen Standpunkt, hat uns weise gemacht.

Jetzt besitzen wir moderne Werkzeuge. Von Motorschlitten bis hin zu den neuesten Arten von Heizungen und Bekleidungen. Aber ehrlich gesagt, ist auch das kaum ausreichend, wenn man in einer schwarzen Polarnacht bei minus vierzig Grad draußen sitzt, nachdem man die verlorenen Rentiere gesucht hat. Da ist es überlebenswichtig am Feuer zu sitzen und sich zu wärmen. Doch auf der einen Seite verbrennt man sich und auf der anderen erfriert man beinahe. Es gibt nur eine Möglichkeit unter diesen Umständen zu überleben. Und zwar zu lernen, sich im Schlaf ohne Pause hin- und herzudrehen. Die Natur ist grausam. Die Geschichte auch. Aber wenn die Samen bis heute überlebt haben, dann ist das so, weil wir in Mitten des Nichts nicht aufgehört haben zu lernen.

„Wie geht's?"

„Ach, ich überleb' schon."

Nur ein paar Birkenrinden und die wenigen Sträucher, die noch nicht vom Schnee vergraben sind, sind die Nahrung unserer Herden. All das, was ich erzähle, stammt nicht aus meiner eigenen Erfahrung, sondern aus den Erlebnissen, von denen mir meine Mutter erzählt hat. Pekka, der alte Stammesführer der Samen, unser Großvater, erzählte ihr das und sie erzählte es mir. Er war eine Art Asket, der anfing, uns leise Geschichten zu erzählen, wenn wir uns ihm näherten.

„Mit ein paar Kilo gesalzenem Fleisch habe ich genug, um über den Winter zu kommen."

Aber unser Großvater darf nicht mit dem klassischen Bild des Prärieindianers verwechselt werden, eingeschlossen in seine aussterbende Kultur. Er hatte Biologie studiert und war sozusagen ein hochgebildeter Hirte. Und er war keine Ausnahme unter seinen Zeitgenossen. Wie vorhin schon gesagt, waren die Samen trotz ihrer uralten Kultur und ihren alten Gepflogenheiten keine Leute außerhalb ihrer Zeit oder Epoche. Es scheint, als ob die Moderne sie in ihrem Fall mit sich reißen will, aber viele wie mein Großvater machen es ihr schwer.

„Der Schneetiger wird das Rentier nicht grüßen, bevor er das Blut aus der Todeswunde sprudeln sieht." Aber und aber wiederholte er diesen Satz, dieser Mann, den die Erfahrungen des rauen Nordens in einen Weisen verwandelt hatten.

„Wir sind weder Finnen, noch Norweger oder Schweden. Und nicht nur weil unsere Sprache eine andere ist, sondern weil wir über Jahrhunderte hinweg ganz anders gelebt haben als sie. Darum ist sowohl unsere Sprache als auch unsere Kultur eine andere. Dabei sind wir aber keine sprachliche Minderheit, die über verschiedene Staaten verstreut ist, sondern eine einzigartige Nation, die keinen Staat hat."

Im neunzehnten Jahrhundert waren es zehn Familien, die von Norwegen nach Sompio (Finnland) umsiedelten. Vor dieser Migration lebten diese Familienstämme in fünf Bezirken (die wir vorher Siides genannt haben...) in Norwegen (Kautokeino, Rouanala, Sounttawwara, Tingevaara und Peldojärvi), aber sie siedelten später nach den finnischen Bezirken Sodankylära und Sompio um.

Da sie Nomaden waren, brauchten sie die samischen Wälder im Winter und die Weiden an der Küste im Sommer. Außerdem nutzten sie zum Weiden die Gräser, die auf den arktischen Inseln wuchsen. Ein jahrhundertealter Ablauf, das Bewahren einer Tradition, regulierte die Nutzung und Verteilung der Landstriche.

Das Kommen und Gehen wiederholte sich ständig. Die soeben beschriebenen Familien fuhren mit ihren überholten Gewohnheiten fort. Es waren reiche Stämme (die Hetta, Bongota, Turita, Eirata, Baerta, Qvaenangeta, Beldowoumeta, Sarata, Nicodemusta und Magatas), welche stets in Bewegung zwischen den norwegischen und den finnischen Gebieten waren, bis hin zum russischen Reich. Ich erinnere mich noch genau an ihre Namen, einer nach dem anderen, wie eine Liste die man nicht vergessen kann. Die Stimme meines Großvaters hallt in meinen Gedanken nach, ein Echo aus Familiennamen, das wieder und wieder durch meinen Kopf rollt.

„Vergiss das nicht Werther..."

Diese Viehzüchter hatten trotzdem keinerlei Rechte über die Gebiete, die sie betraten. Die alten Siides handelten nach dem für sie legalen Gewohnheitsrecht, konnten aber nicht von den entstehenden Nationalstaaten akzeptiert werden. Die nomadischen Bewegungen der Samen waren nicht durch den Zufall bestimmt, sondern durch den Bedarf und schon bald stießen sie auf Umzäunungen und Grenzen, die ihnen den Weg versperrten.

„Es ist Zeit aufzubrechen...", sagten sie sich als der Moment kam, die Migration einzuleiten.

Die Steuern an den Grenzen erschwerten ihnen die Nutzung der winterlichen finnischen Weiden immer mehr. Jene schwedischen Familien, die notgedrungen nach Sompio pilgerten, konnten ihren Rückweg nicht mehr bezahlen.

In diesem Dilemma also (wir reden von der Zeit um das Jahr 1914 herum) mussten die Samen sich für eine Staatsbürgerschaft entscheiden. Darum wurden sie zu Norwegern, Schweden, Finnen und Russen. Der finnische Bürgerkrieg (1918) auf der einen Seite und der darauffolgende zweite Weltkrieg auf der anderen markierten für immer die Zukunft unseres Volkes, ein Volk ohne politische Schutzmacht.

„Der Kampf hörte für uns nicht mit dem Ende der Kriege auf."

Der werdende finnische Staat begann sich dank des ökonomischen Gewichts seiner Holzressourcen zu organisieren. Das kann man als Hindernis sehen und tatsächlich wurde es zu einem solchen für die Entwicklung der

Viehzucht. Wenn es auf wirtschaftlicher Ebene die finnischen Interessen waren, die sich gegenüber anderen Kollektiven durchsetzten, so brachte auf sprachlicher Ebene die Politik der Normalisierung des Finnischen auch eine fortschreitende Verarmung der samischen Kultur mit sich.

Man könnte behaupten, dass beide Sektoren, Wirtschaft und Kultur in dem asymmetrischen Miteinander zwischen Finnen und Samen immer mehr verwahrlosten. Diese Veränderungen waren, wenn es denn passt, negativer Art, wenn man in Betracht zieht, dass unsere Sprache und Kultur sich in einem Zustand merklicher Zerstreuung befanden.

„Wir waren etwas, jetzt sind wir nichts."
Die Grenzsteuer zog die ehemaligen Migrationsrechte nicht in Betracht und als diese Grenzen schließlich ganz geschlossen wurden, fielen die negativen Folgen hauptsächlich auf das samische Volk zurück. Das war der Grund für die Notwendigkeit, immer mehr gen Norden zu ziehen, zu immer ärmeren Gebieten. Diese schicksalshafte Reise Richtung Norden führte zu einer stetigen Verarmung unserer nomadischen Vorfahren.

Zu dieser Stunde boten auch die technischen Fortschritte keine Hilfe, diese von vorherein klare Tendenz positiv zu verändern. Wenn auch die samischen Stämme in einer früheren Epoche wirtschaftlich und kulturell gesehen reich waren, so brachte diese erneute Verschlechterung, Frucht der immer nördlicher gerichteten Wanderung, einen Schwund der kulturellen Ressourcen mit sich. Sie fühlten sich immer fremder und unwohler in einer modernen und sich verändernden Welt, die sie schon nicht mehr verstehen konnten. Mit dem Verlust ihres traditionellen Rechtes, verloren sie auch ihre aktuellen legalen Rechte und ihren Status als Volk. Obwohl Nationalparks errichtet wurden, erhielten die Samen nicht die Genehmigung ihre Herden in diesen weiden zu lassen. Fast bis zum Polarkreis gab es Schilder auf denen groß und dick stand: „Herden ist der Zutritt verboten". Wenn die Rentiere nicht herein konnten, so konnten es auch ihre Hirten nicht und so erhielten auch die Samen, auf gewisse Weise „animalisiert", keinen Zutritt zu diesen Gebieten. Nun war es Mitte des zwanzigsten Jahrhunderts, als die sprachliche Praxis der Samen sich langsam umformte. Sie ließen ihre eigene Sprache immer mehr zurück und übernahmen immer mehr das Finnische, Norwegische oder Schwedische.

Den Nordsamen ist tatsächlich das Gleiche widerfahren, wie so vielen indigenen Völkern. Nachdem erst einmal ihre Art und Weise zu leben verschwunden waren und ihre kollektiven Rechte ignoriert wurden, sahen sie sich nun der Verachtung und Repression ausgesetzt. Ohne zwar punktuell genau die gleiche Situation in anderen Kulturgeschichten wiederzufinden, so dehnt sich doch diese Kasuistik von Südamerika über Asien und Afrika bis nach Tasmanien oder Australien aus. Die Samen brauchen Land um ihre Wirtschaft, ihre Kultur zu entwickeln, um ihre Identität festzuhalten. Sie brauchen Land für ihre Tiere. Letztendlich brauchen sie Gebiete, Territorien um ihre eigenen Interessen verwirklichen zu können. Das Recht auf Territorialität und auf Eigentum. Souveränität. „Wir können ohne die Garantie, uns auf unseren Gebieten frei bewegen zu können, nicht frei sein.", so ein altes Sprichwort der Samen.

Wie mein Großvater schon sagte, wir Samen müssen anfangen über die Samen zu schreiben, auf Samisch. Das Leben dieser Ureinwohner des Nordens ist nach außen hin konstruiert worden, zum Tourismus hin. Unsere Geschichte ist von Ausländern geschrieben worden.

Heutzutage können wir sagen, dass die archäologischen Fundstätten der Wikinger im Süden Schwedens (in Hjaertedalen), keine Schwedischen sind, sondern Fundstätten von alten samischen Siedlungen. Wie auch den anderen der indigenen Völker, beraubten sie uns unserer Vergangenheit, um uns noch einfacher der Gegenwart berauben zu können. Darum fing unsere Mutter die schwierige Aufgabe an, ihre verlorene Sprache zurück zu erobern. Obwohl sie in Joensuu wohnte, weit weg von ihrem geliebten Lappland. Sie hatte kaum noch Verbindungen zu ihren Verwandten dort. Und zudem war sie auch noch schwanger. Doch vielleicht war gerade das ihr Antrieb.

„Mit meinem Kind werde ich samisch sprechen."

Und so war es dann auch. Seit meiner Geburt sprach meine Mutter keine andere Sprache mit mir. Damals wusste sie nicht mehr viel von dieser Sprache und das, was sie noch konnte, hatte sie inzwischen auch halb vergessen. Aber es war genug für den Anfang. Und dieser Anfang prägte unsere Beziehung. Auf der einen Seite erforderte der Gebrauch der Sprache ein immer größeres Wissen derselben. Dieser Prozess führte zu einer kulturellen Bewusstseinsbildung, die ihren zukünftigen Bildungsweg bedingte. Auf der anderen Seite, schuf diese Entscheidung in Bezug auf unsere Relation, in einem Umfeld, in dem niemand mehr diese Sprache benutzte, schnell eine Art Allianz zwischen uns beiden, die immer stärker wurde.

„Wir werden beide samisch sprechen, weil wir beide Samen sind." sagte sie mir.

Wir waren tatsächlich keine Finnen, und auch nicht von Karelien, obwohl ich dort geboren wurde. Das schien uns offensichtlich. Unsere Nachbarn hatten wirklich alle weiße und weiche Haut, blonde Haare und helle Augen.

Mein schwarzes Haar und meine raue Haut deuteten auf eine andere Herkunft. Außer den Immigranten, die man an einer Hand abzählen konnte, gab es in Joensuu niemand Vergleichbaren mit mir.

„Hey du, Dunkler, Moreno... "

Das war der geläufige Gruß, wenn mich jemand ansprechen wollte. Auf jeden Fall müsste man sagen, dass dieser dunkle Typ in Wirklichkeit eher von der Seite meines Vaters kam, als von meiner Mutter. Aber dies würde eine Reihe an weiteren Mutmaßungen erfordern, welche mir in diesem Moment und auch nach diesem ganzen Monolog vor der Videokamera nicht sehr geeignet scheinen. Ich bin so erschöpft, dass ich all die weiteren Erläuterungen erstmal für einen anderen Tag lassen muss.

Bogotá

Neugranada

28. September, 1796

(Fortsetzung...)

Dass wir aus Familiengründen vom Gehöft Elhuyarberri de Hazparne weggezogen sind, war kein Zufall. Ganz im Gegenteil, man kann sagen, dass es eine dringende Notwendigkeit war. Eine Notwendigkeit, die nicht von unserem Vater, sondern von einer entfernten Erbverwandtschaft unserer Familie herrührte.

Unser Vater war mehr als ein einfacher Barbier und Dorfchirurg. Obwohl du dich nicht erinnern wirst: Als ein Nachkomme des edlen Herren d'Artayette war es ihm möglich, Philosophie und Chirurgie in Paris zu studieren und später sogar zu einem der Gründer der royalen Akademie zu werden. Er kämpfte immer gegen Kleingeistigkeit und Ignoranz. Alle seine Anstrengungen richteten sich darauf, das Licht der Vernunft zu erweitern und man kann sagen, dass wir uns noch nicht in Konditionen befinden, zu wissen, bis hin zu welchem Punkt er in dieser Richtung arbeitete und Erfolge erzielte. Und eben drum, weil der väterliche Kampf sich diesem generellen Stumpfsinn, ja der hiesigen Volksdummheit entgegenstellte, traf er auf diesem Weg auf einen tödlichen Gegner: die Monarchie.

Obwohl es wirklich roh und hart klingt, so ist es ganz einfach das: Die wichtigste Aufgabe unserer Organisation ist der Kampf gegen die Monarchie. So war es im Falle unseres Vaters und so ist es auch in dem Meinem.

51

Du konntest das nicht wissen Fausto, da du in unserer Beziehung immer die Rolle des Jüngsten hattest, obwohl unser Altersunterschied kein großer war. Von klein auf musste ich allein das ganze Gewicht dieses verborgenen Erbes tragen. Du durftest nichts wissen. Darum muss ich dir nun auch mitteilen, dass jener Arzt Dargain, welcher uns begleitete und uns half, als wir San Juan de Luz verlassen haben, um mit unserer Mutter nach Bilbao zu gehen und der uns auch half, uns danach in Logroño niederzulassen, dass jener Arzt ein Gesandter der Organisation war.

Als ich in La Rioja war, hatte ich den ersten Kontakt mit der Gesellschaft der „Freunde des Baskenlandes" („Amigos del País Vasco"). Obwohl die offizielle Ernennung unseres Vaters nicht vor 1777 geschah, so arbeitete er schon lange vorher im Untergrund für diese Organisation, und zwar unter dem Deckmantel der Vereinigung „Gesellschaft philanthropischer Freunde" („Sociedad de amigos filantrópicos"). Er arbeitete nicht allein, unsere Mutter unterstützte ihn so viel sie konnte. Wie du dich erinnern wirst, wurde das Laboratorium für die Behandlung von Alkoholen, in welchem unser Vater zu jener Zeit arbeitete, nach dem Familiennamen unserer Mutter benannt: Ursula (Zubize), und dank dessen konnten wir uns in die Problematik und Studien im Feld der Chemie einarbeiten. Auch unsere Stiefmutter, obwohl sie es selbst sicher nicht wusste, trug auch viel und in verschieden Aspekten zum Werden der Organisation bei. Du nanntest sie immer Tante Dominica. Sie war kein Mitglied der Bruderschaft, wirkte aber grundlegend in den Angelegenheiten der Bruderschaft mit. Vor allem brachte sie eine Wärme und ein Vertrauen ohnegleichen mit hinein. Wo wird sie jetzt sein? Ob sie schon gestorben ist? Wer weiß!

Ich denke mit Freude an das Haus zurück, dass wir in der Marktstraße in Logroño hatten, obwohl das Fehlen unseres Vaters dort schon zur Gewohnheit geworden war. Er kümmerte sich fast nie um die arme Lorenza. Mit mir führte er immer eine direkte und kalte Beziehung, doch so konnte ich immerhin von der Erfahrung und dem Wissen profitieren, die er während seiner dreißig Jahre professionellen Militärdienstes und verborgener Geheimaktivitäten angesammelt hatte.

12. Mai, 2002

NEJ, PÅ VENSTRE SIDEN

„Nein, nach links..."

Jetzt, das zweite Videoband beginnend, habe ich die nötigen Ruhe und Kraft, um weiter ins Detail zu gehen. Ich glaube, ich bin bereit, die Geschichte meines Vaters zu erzählen, welche in einem gewissen Maß zu meiner eigenen Geschichte, als auch zur Geschichte des norwegischen Königreiches gehört.

Die Psychoanalytiker sagen, dass wir mit dem Vater das Verbot und das Recht erhalten. Wenn der Vater uns den Namen und Familiennamen gibt, so setzt er uns damit auch Grenzen für unsere Existenz. *"Le nom du père... c'est le non du père..."*, sagte einst J. Lacan. Das heißt, dass der Name des Vaters für das Nein des Vaters steht. Auf eine bestimmte Weise steht die Vaterfigur auch für die Vision und die Offenkundigkeit der Autorität, sowie für die Negation der eigenen Person. Allerdings traf diese lacansche Behauptung im Falle unserer Familie nur im gegensätzlichen Sinne zu. Ich erkläre das.

Trotz norwegischen Ursprungs war die Familie meines Vaters das Resultat eines wahrhaft geschichtlichen Abenteuers, dessen Rundreise schon vor zwei Jahrhunderten auf skandinavischem Land endete. Sein eigentlicher Ursprung war okzitanisch. Von dort stammte der Soldat Jean Baptiste Bernadotte, welcher mit den Heeren Napoleons durch ganz Europa zog, um die Aufhebung der Monarchie zu erreichen und ebenso eine rationalistische Politik mit runden republikanischen Wurzeln zu propagieren. Seitdem ist unsere Familie einer der Pfeiler der norwegischen Geschichte.

„Ohne das Mitwirken deiner Familie könnte man das aktuelle Skandinavien nicht verstehen. Ohne sie würde Norwegen nicht nur nicht existieren, sondern es wäre ein Teil Schwedens." erzählte mir die Tante voller Stolz.

Doch mein Vater war die lebende Negation all dessen. Dies ging so weit, dass er sogar seine Nationalität änderte, um Finne zu werden. Sein Leben war die negative Konstante zu seinen aristokratischen Wurzeln und vielleicht wurde er nur deshalb Kommunist. Dies war nicht nur ein jugendlicher Trend, sondern man könnte sagen, das war das grundlegend Charakteristische in seiner ganzen Biographie... bis heute.

„Die Möglichkeiten, für die ich mich mein ganzes Leben lang immer entscheiden musste, haben mich zu der Konklusion gebracht, dass die einzigen Freunde und Reisebegleiter mit denen ich mich wirklich identifizieren konnte, die sind, die aus dem Volk kommen und sich dessen auch nicht schämen. In familiären Spannungen, in Momenten der Anschlusslosigkeit waren meine ungebildeten Freunde die einzigen die in der Lage waren, den Kummer in Ruhe und Freude zu verwandeln. In ihnen habe ich meine wahre Familie gefunden."

So also, während die Geschichte meines Vaters eine konstante Verneinung seiner Ursprünge war, so kann man nicht das Gleiche über die Beziehung zu mir sagen, zu seinem Sohn, ebenso wenig über jedwede andere Person, die sich in seiner Verantwortung befand. Seine Negation war ein klares und schmerzloses Nein gegenüber Tradition, sozialer Privilegien und festgemachter Gesetze.

„Wir müssten uns mit Familiennamen Norwegen nennen, anstatt Bernadotte", scherzte mein Onkel väterlicherseits immer.

Man müsste sich vielleicht zurückerinnern, dass Schweden lange Zeit imperiale Macht ganz Skandinaviens war. Die Schweden regierten über ein Gebiet, das nach den heutigen Grenzziehungen neben ihrem eigenen Staatsgebiet, auch Finnland und Norwegen ausmachen würde. Wenn diese Beziehung der Abhängigkeit nun auf dem Gebiet der Ökonomie und der Politik schon eindeutig war, so war sie noch deutlicher auf dem Gebiet der Kultur zu sehen. Während dem neunzehnten Jahrhundert verwendeten die politischen Machthaber die Autonomie als ein Mittel, um die Machtverhältnisse in den beiden Territorien, die sie verwalteten, beizubehalten. Man muss aber sagen, dass es auch damals schon viele einflussreiche Bürger gab, die diese Situation kritisierten. Die bekanntesten unter ihnen waren die Herren Michelsen und Steen. Letztgenannter, sowohl Nationalist als auch Linker, war der eigentliche Mentor und Kollaborateur von P. Christian Michelsen, der Vater und Leiter der nationalistischen Befreiung Norwegens. Die Geburtsstadt meines Vaters, Bergen, war 1857 auch die Wiege dieses Landesvaters.

„Im steinernen Familiensitz!"

Obwohl fast alle Gebäude Bergens aus Holz sind, so war das Elternhaus von Christian Bernadotte ein wahrhafter Palast. Vielleicht sollte ich erklären, warum das so war. Meine Familie ist väterlicherseits direkt mit der schwedischen Krone und mit fast allen skandinavischen Oligarchien verwandt. Es ist hier von großer Wichtigkeit, sich zu verinnerlichen, dass König Karl Johann XIV., König von Schweden, kein anderer war, als unser Vorfahre Jean Baptiste Bernadotte und dass von ihm ausgehend, ein gesamtes Herrschaftsgeschlecht von okzitanischem Ursprung das schwedische Imperium regierte. Karl Johann XIV. war eigentlich ein französischer Soldat, in Pau geboren. Als er gefangen genommen wurde und nach Lübeck ins Gefängnis kam, freundete er sich dort glücklicherweise mit einem schwedischen Soldaten namens Berner an. Als der Krieg vorbei war, machte er sich mit diesem skandinavischen Soldaten in die nördlichen Länder auf. Zu dieser Zeit gab es in ganz Schweden keinen regierenden König und zufälligerweise wurde Bernadotte für dieses Amt vorgeschlagen.

„Wir setzen unser Vertrauen auf dich."

Aufgrund seines neuen Amtes, sah sich mein Vorfahre nun allerdings in der Zwickmühle, gegen sein altes Heer kämpfen zu müssen. Er gewann und zog 1813 siegreich in Paris ein. Einige Jahre später legte er unter dem Namen Karl XIV. einen Eid auf die schwedische Verfassung ab. Seitdem war es dieses bernaesische (béarnais) Geschlecht gewesen, welches durch eine Laune der Geschichte ihre Könige an die Schweden weiterreichte.

Unter diesen Bedingungen begannen dann aber ab 1905 unter dem schwedischen König Oscar II, Neffe von Bernadotte, den wir vorher schon kurz erwähnten, die Unabhängigkeitsforderungen in Norwegen lauter zu werden.

König Oscar II. war zu betagt, um den Bedürfnissen der Zeit die Stirn bieten zu können. Als Norwegen den Weg in Richtung nationale Freiheit einschlug, war der Monarch schon über achtzig und befand sich nicht mehr in der Lage zu regieren. Die Probleme begannen in Christiania (heute die norwegische Hauptstadt Oslo). Die Handelskammer dieser aufstrebenden Stadt beabsichtigte all ihre auswärtigen Beziehungen neu zu verhandeln, ohne die Kontrolle durch die Überwachung aus Stockholm weiter über sich ergehen lassen zu müssen. Mit einem Wort, sie forderten Souveränität.

„Wir wollen unsere eigenen internationalen Repräsentanten haben. Wir trauen den Schweden nicht!"

Zwischen dem Ende des 19. Jahrhunderts und dem Beginn des 20. Jahrhunderts wurde diese Auseinandersetzung zu einem akuten Problem in den Beziehungen zwischen beiden Nationen. Die Norweger wollten auf politischer Ebene als Norweger anerkannt werden, nicht als Schweden und deshalb gründeten sie auf der ganzen Welt ein wahrhaftes Netz an Konsulaten und anderen repräsentativen Organen, die die Schweden ihrerseits immer unter ihrer Kontrolle haben wollten.

Letztendlich, zu Beginn des Jahres 1903, hatte Schweden keine andere Chance, als der Situation entgegenzutreten und dem Parlament in Stockholm einen Gesetzesentwurf vorzulegen. Norwegen selbst, präsentierte dem Parlament seine eigenen Erwägungen und schlug das Projekt *autonomes Oslo* vor. Wie man sich vorstellen kann, wollten die Schweden das norwegische Vorhaben nicht akzeptieren und die Konsequenz daraus war, dass die versammelten Norweger in Christiania unter der Leitung von Michelsen, ohne auf die schwedische Vormundschaft zu achten, dem Projekt zustimmten, was ihre wirtschaftliche Repräsentation im Ausland ermöglichte.

Der Konflikt stand kurz vor dem Ausbruch. Die Norweger kümmerten sich nur wenig um die schwedischen Drohungen und wollten der ganzen Welt ihre Haltung demonstrieren. Die Entscheidungsmacht lag nun in der Hand der Norweger.

„Wir sind erwachsen, wir brauchen keine politische Autorität, die uns von außen steuert, noch werden wir eine solche zulassen."

Michelsen las seinen Anhängern Folgendes vor:

„Wir, die Norweger, haben das unabdingbare Recht, eine Nation zu sein und zu bilden."

Die versammelten Gewählten des Osloer Parlaments entschieden sich, Michelsens Leitung anzuerkennen und seinen Vorschlag bis zum Ende hin durchzuführen. Das erklärten sie dem betagten Oscar II., der nichts von der souveränistischen Entscheidung der Norweger wissen wollte. Daher entschieden die Norweger, auf die königliche Erlaubnis zu verzichten. Es wurde angeordnet, die Regierung Christianias aufzulösen und die politische Macht verblieb in den Händen des Osloer Parlaments. Die territoriale Einigkeit Schwedens fing an zu bröckeln.

Noch dazu kam, dass die schwedische Regierung den Kampf nicht verloren geben wollte und zu den Waffen griff. Sie schickten ihr Heer nach Oslo. Nun wurde versucht, die gegenseitigen Drohungen zurückzufahren. Bevor die bewaffnete Auseinandersetzung eingeleitet wurde, wollte man eine politische Vereinbarung treffen, die die Lage beruhigen sollte. In der Vereinbarung besprachen sie die Notwendigkeit ein Referendum zu beschließen, die Überwachung der Grenzen durch die Schweden zu beseitigen und ohne zu den Waffen greifen zu müssen, den Konflikt vor den Internationalen Gerichtshof in Den Haag zu bringen. Die Volksbefragung, die diese Vereinbarung klären sollte, ergab fast 400 000 Stimmen für die Separation von Schweden, während nur 200 für die Beibehaltung der Beziehungen mit Schweden stimmten. Mit diesem überwältigenden Ergebnis hatte Schweden keine andere Möglichkeit als Norwegen die Freiheit zuzugestehen. Der alte Oscar II. erklärte im Rahmen dieser neuen Entwicklung seinen Rücktritt.

„Wenn der König nichts taugt, wie werden dann erst seine Untertanen sein…"

Ein Teil meiner Familie blieb in Norwegen. Von dort stammen mein Nachname und eine Reihe weiterer Hinterlassenschaften. Mein Vater, der ja in eine aristokratische Familie geboren wurde, hatte die Möglichkeit, zwischen den besten Universitäten zu wählen, um sich seinen Veranlagungen gemäß zu entwickeln. Obwohl das umbenannte Oslo, vorher Christiania, das wirtschaftliche und politische Zentrum des heutigen Norwegens ist, war Bergen immer schon das kulturelle Zentrum und von Anfang an die Wiege der norwegischen Unabhängigkeit. In der Universität von Bergen befindet sich das Michelsen-Institut, das heutzutage weltweit die Referenz für alle politischen Verfahren ist, die einer internationalen Vermittlung be-nötigen. In dieser Universität begann mein Vater sein Studium und dort kam er auch in Kontakt mit der kommunistischen Ideologie, die ihn nie wieder losließ.

„Der Fortschritt des Volkes muss Hand in Hand mit der Wissenschaft einhergehen, denn die Funktion der Wissenschaft ist keine andere, als diesen gesellschaftlichen Fortschritt zu gewährleisten."

Er hatte immer das Buch von Anatoli V. Lunatscharski *Philosophie - Kunst - Literatur* dabei. Viele solcher Sätze hatte er dort unterstrichen. Da er ein Mann der Wissenschaft war, überraschte sein Interesse für internationale Politik. Erst recht erstaunlich war die Menge an Fakten und Wissen, die er über dieses Thema besaß. Er glaubte nie daran, dass die Wissenschaft neutral sein könne. Als ein Bewunderer Albert Einsteins, der wie er, Physiker war, ließ er sich durch die Folgen des Nationalsozialismus, als auch durch den Imperialismus beeinflussen und achtete darauf, in seinem Feld nie die Verantwortung des Wissenschaftlers zu vernachlässigen. Seine ethischen Ansichten und seine politische Bildung erlaubten ihm nicht, diesem Reduktionismus Raum zu lassen. Nachdem er sein Abitur und die ersten akademischen Studien in Bergen abgeschlossen hatte, ging er nach Upp-

sala, um die Spezialisierung seines Fachgebietes fortzu-
führen. Dieser Umstand war nichts Besonderes, da diese Art der Mobilität in Skandinavien ganz normal ist. Es
gibt eigentlich kaum Verständigungsprobleme zwischen
den Sprechern der verschiedenen lokalen Sprachen. Das
heißt, dass zum Beispiel ein Norweger normalerweise
keinen Grund hat, Schwedisch zu lernen oder zu benutzen, um mit seinen politischen Nachbarn zu reden. Das
gilt auch umgekehrt. Man kann sich verstehen, wenn ein
jeder in seiner jeweiligen Sprache spricht. Dazu kam der
Umstand, dass Teile der Familie Bernadotte auch in der
Nähe der prestigeträchtigen Universität von Uppsala lebten. So ging mein Vater also nach Schweden, um sein
Studium zu beenden. Diese Entscheidung meines Vaters
sollte für mich noch große Auswirkungen haben. Denn
dort stieß er auf die besagten Dokumente, die später bei
mir landeten: Der Briefwechsel der Elhuyar-Brüder. Aber
um darüber zu reden, werden wir etwas mehr
Zeit benötigen.

Bogatá,
Neugranada
18. September, 1796

(Fortsetzung...)

Nachdem ich nun all diese Familienerinnerungen aufgewühlt habe, wäre es für mich, als Erklärender, vielleicht an der Zeit, dir einige Schlüsselereignisse zu erläutern, die dir erlauben, das bisher Gesagte richtig zu verstehen. Dies wird dir ermöglichen auch deine eigenen Studien unter einem ganz neuen Lichte zu sehen. Wenn dem so ist, so würden sich deine eigenen Erlebnisse durch ein neues Verständnis deines Lebens, von Grund auf verändern. Darum muss ich dir nun von einigen Anekdoten erzählen, die in Paris, Freiberg oder selbst im königlichen Seminar von Bergara vorgefallen sind. Und zwar weil es mehr als nur Anekdoten sind.

Letztendlich war das königliche Seminar nur die Folge des Projektes unserer Organisation. Das Gleiche gilt für die Gesellschaft der Freunde des Landes, aber, wie ich dir noch erklären werde, eben in anderer Weise.

Es fing damit an, dass das Verbot des Jesuitenordens die Beschlagnahme eines großen Palastes ermöglichte, um diesen dann, obwohl es nur provisorisch war, in eine Schule für junge Menschen umzufunktionieren, die in den Bedürfnissen einer modernen und sich verändernden Welt unterrichtet waren. Die Aufhebung der Gesellschaft Jesu ist ein historischer Fakt, der noch nicht ausreichend geklärt ist, aber es ist ziemlich sicher, dass die langen Arme unserer Organisation etwas damit zu tun hatten. Es ist wahrscheinlich, dass die Bruderschaft auch ihre Finger im Spiel bei der Entwicklung einer Reihe von Umständen und Verfahren für die heutige Politik hatte, die schwierig zu erklären sind, aber da ich dazu nicht genug Informationen habe, wird es besser sein, ich konzentriere mich auf das, was ich wirklich weiß.

Die Chemie- und Metallurgielabore, die im königlichen Seminar konstruiert wurden, die kannten wir sehr gut. Sie waren sehr teuer, unendlich teuer. Außerdem hatten wir eine spezielle Erlaubnis, die französische Enzyklopädie und andere Veröffentlichungen zu lesen, die auf dem Index der Inquisition standen. Hast du dich nie gefragt wieso? Ich werde es dir erklären. Es wird weder leicht zu erklären, noch leicht zu verstehen sein. Folge mir also mit Aufmerksamkeit.

Um diese besondere Vereinbarung zu erreichen, machte das königliche Seminar mit Hilfe der baskischen Gesellschaft der Freunde des Landes eine Abmachung mit dem König selbst. Auf diese Weise sicherte sich das königliche Seminar eine bevorzugte Behandlung nach ihren Bedürfnissen und konnte so im Geheimen forschen und Militärspionage betreiben und dabei die Kontakte nach außen, im Namen der spanischen Krone, beibehalten. Was aber niemand wusste, und der König am allerwenigsten, war, dass all dieses Potenzial auf den Kampf gegen die Monarchie gerichtet war, was eben genau der Grund war, warum unsere geheime Bruderschaft entstand.

Jetzt verstehst du vielleicht, wie es dazu kam, dass Carlos III. uns eine Spende von 39000 Gold-Reales für unsere Metallurgielabore zukommen ließ. Erinnere dich auch an die ungeheuren Mengen, die ohne Rast für dich ausgegeben wurden, die Anschaffungen, die wir zu jeder Zeit für unsere Labore in Paris und Freiberg tätigen konnten. Selbst Graf Alatxa, der zu jener Zeit der Verwalter war, kannte den Geldgeber hinter all diesen Anschaffungen nicht. Trotzdem glaube ich inzwischen, dass Alatxa trotz seines Schweigens, der erste gewesen sein könnte, der anfing, mich dafür zu verdächtigen.

Vor drei Jahren, als Professor Thunborg das Labor von Bergara besuchte, verwunderte und befremdete ihn die Qualität und Menge des Materials, das er dort fand. Obwohl ich mich davor hütete, das zu sagen, als ich in Schweden war, so kann man doch behaupten, dass unser bergarisches Labor viermal größer als das der Universität von Uppsala war und außerdem war es besser mit Material und Infrastruktur ausgestattet. Wie gesagt, zu dieser Zeit erzählte ich nichts, sodass niemand vor den Kopf gestoßen wurde, aber schau, wie die Dinge sich entwickelt haben, jetzt, wo ich im Exil bin und die Schweden in Bergara, scheint es fast so, als hätten sie etwas gemerkt... Alles? Es kann sein, dass auch sie misstrauisch sind.

Das königliche Seminar, besser, dessen Labor, ist unsere Waffe gegen den Adel gewesen, obwohl der König das Gegenteil dachte. Dort schafften wir es in Zusammenarbeit mit der Bruderschaft von Soraluze durch das Benutzen einer neuen Stahllegierung, einige Waffen letztendlich so zu verbessern, dass sie sich nicht mehr beim Abfeuern aufheizen.

Der König finanzierte, ohne es zu wissen, den Krieg gegen sich selbst. Um die Finanzierung, die er zu seinem Wohl in das Projekt steckte, zu kontrollieren, bestimmte er den Grafen de Narros als Verantwortlichen für das Labor an noch höherer Stelle als selbst Marqués de Hermoso, ohne zu wissen, dass auch Narros einer von uns war. Wie mir soeben bestätigt wurde, werden auf diese Weise die Kadetten des Militärs, als auch die der Flotte fortan im Seminar studieren können und direkten Zugang zu allem haben. Die Türen der Universität und des Militärs sind nun offen für uns. Dazu kommen unsere

Kontakte zu Frankreich und der Schweiz (republikanische Nationen, in denen das monarchische Joch schon überwunden ist). Unser Kampf für sozialen Rationalismus und demokratische Organisation der Politik steht heuern auf festeren Stützen als je zuvor. Die Ironie dabei ist, dass das antimonarchische Projekt, welches uns eint, eine royale Institution als Hauptsitz hat, die zudem eine immer wichtigere Rolle einnimmt.

13. Mai, 2002

RIKSMÅL ODER LANDSMÅL

Ein Vereinigtes Baskisch, quasi „Hochbaskisch" einerseits und ein, in verschiedene Dialekte verfärbtes, regionales Baskisch. So formuliert, könntet ihr Basken das Dilemma verstehen, das in Norwegen herrscht. Riksmål oder Landsmål.

Wie schon gesagt, hat Norwegen seine politische Souveränität zwar schon zu Beginn des 20. Jahrhunderts erreicht, aber in Bezug auf die linguistische Unabhängigkeit kann man das nicht gerade sagen. Für viele Experten ist Norwegisch kaum mehr als ein einfacher Dialekt des Dänischen.

Der Philologe Henrik Wegeland arbeitete jahrelang an dem Versuch, die Unterschiede beider Sprachen darzulegen. Aus dieser Arbeit der Deskolonisation entstand das sogenannte Riksmål (Gelehrtennorwegisch) gegenüber dem Landsmål (Populärnorwegisch). In den Anfangstagen, in denen die nationale Befreiung auch die Befreiung der Sprache mit sich brachte, führte der Forscher Ivar Aasen das sogenannte „Einheitsnorwegisch" (Nynorsk) ein, das sich ebenso wie die politische Unabhängigkeit, auf sozialem Niveau nie auf zufriedenstellende Weise einführen ließ. Heutzutage ist das Bokmål die „Populärsprache". Es ist die meistverwendete Variante in der norwegischen Schule, obwohl Aasens Nynorsk auch eine offizielle Sprache ist und im Bildungssystem ebenso verwendet wird, vor allem in den entfernter gelegenen Fjorden. Das heißt, dass es heutzutage zwei Varianten gibt, beide offizielle Sprachen einer nationalen Sprache, die in allen Bereichen angewandt werden, auch im Unterricht, wobei das Nynorsk immer weniger verwendet wird.

„Die reden wie die Dänen." sagen die alten Fischer, wenn sie aus ihren verlassenen Häfen zur Hauptstadt reisen.

Mein Vater andererseits nahm die populäre Variante der Dialekte nicht an. Wegen seiner linken Einstellung war er gegen diesen Populismus und deshalb positionierte er sich zuerst gegen das Landsmål und jetzt gegen das Bokmål, die das Norwegisch immer abhängiger vom Dänischen machten. Das System, das die Finnen benutzten, um ihre Sprache und ihre Kultur zu vereinen, erschien meinem Vater verständlicher. Finnisch befand sich in einer weitaus schwierigeren soziolinguistischen Situation als das Norwegisch zum Anbruch des 20. Jahrhunderts, aber eine angebrachte linguistische Politik ohne Komplexe führte binnen kurzer Zeit zu einer Umkehrung der Tendenz. Wo vorher die Sprache zerstreut und fast verschwunden war, verwandelte sie sich nun in die Amtssprache Finnlands.

„Finnisch ist Finnlands eigentliche Sprache", sagt man sich von Helsinki bis zu den Niederungen des Inarisees, obwohl es sich offiziell um einen bilingualen Staat handelt.

Heutzutage hat sich Finnisch zur Hauptsprache Finnlands entwickelt, wenngleich aus historischer Sicht gesehen, Russisch als auch Schwedisch die Leitsprachen zu Beginn der Moderne waren. In Finnland stellte niemand die Notwendigkeit einer einzigen geeinten Variante in Frage, so wie es in Norwegen geschah, obwohl es doch auch hier ein breites Angebot an Dialekten gab, die das Finnische in verschiedene Sprachen verstreuten. Die Finnen entwickelten und bildeten eine Standardsprache, die keinerlei Bedingungen stellend, die soziale Entwicklung des Landes förderte. Somit war das Finnische das ideale Modell für meinen Vater.

„Die einzige Möglichkeit die Wahrheit zu verstehen, muss eine mathematische Formel sein. Wenn zwei und zwei vier sind, dann gibt es nur diese eine Möglichkeit. Wenn die Sprache Finnlands Finnisch ist, dann reden wir überall das gleiche Finnisch, ohne uns mit irgendwelchen Abstufungen abzufinden, denn das wäre notwendigerweise falsch."

Oft wurden passende Metaphern aus der Physik benutzt, um Tendenzen und Komponenten unserer Gesellschaft zu analysieren und zu modellieren. Dennoch sind diese aus ihrem wissenschaftlichen Kontext extrahierten Referenzen meistens nichts weiter als reine mechanische Stützen, die auf komplizierte Weise die Komplexität des sozialen Dramas erklären. Wir Menschen sind nicht nur physische Elemente. Wir werden uns immer unter der Analyse der Benimmgesellschaften befinden oder vor Entscheidungen stehen, die von einem rein rationalen Standpunkt aus, nicht zu verstehen sind. Ein Beispiel dafür ist die üppige und verheerende Verwendung des zweiten Prinzips der Thermodynamik (das sich auf die *Entropie*, die Energieumwandlung bezieht) in Bezug auf Fragen der Geschichte und der Politik. In Bezug auf Kunst und Kultur zum Beispiel, zieht man oft den Vergleich mit der *Abnutzung* des physischen Universums heran. So scheinen die Phasen der Dekadenz in jedwedem Gebiet der menschlichen Entwicklung nachvollziehbarer. Meiner Ansicht nach, sagt diese Extrapolation des physikalischen Prinzips aber nichts über die Gesellschaft aus.

„Die Gesellschaft kann man nicht mit einer wissenschaftlichen Logik verstehen und noch viel weniger werden wir mit dieser Art der Annäherung, die Gesellschaft beeinflussen können". sagte ich mir entgegen der Gedanken meines Vaters.

In gleicher Weise benutzen die Soziologen die berühmten Theorien von Maxwell. Durch sie versucht man, glauben zu machen, dass man das geschichtliche Fortbestehen sozialer Strukturen wie Familie, Bildung oder Staat auf wissenschaftliche Weise erklären könne. Dieser Mechanismus erstickt erwiesenermaßen jede Hoffnung auf Freiheit, weil er nur der *Versuch* bleibt, Gesetze der Physik als soziale Metaphern zu verwenden. Das ist ungefähr so, als würde man vom Wetter sprechen ohne irgendeine Ahnung von Klimatologie zu haben. Alle Welt macht das, aber niemand behauptet, seine Meinung auf objektive Kriterien zu gründen. Daher ist die Verwendung von naturwissenschaftlichen Konzepten im Bereich der Geisteswissenschaften, meines Verständnisses nach, nur eine literarische Metaphorisierung ohne jeglichen Anspruch auf Wahrheit.

Mein Vater bewunderte die Ideen Charles Fouriers, ein Zeitgenosse der Elhuyar-Brüder, sehr. Und das tat er, weil in diesen Ideen auf natürliche Weise Utopie und Wissenschaft, Literatur und Politik zusammenliefen. Die sozialen Vorschläge Fouriers waren interessant und exzentrisch, doch zugleich gepaart mit wissenschaftlicher Vernunft, ganz nach dem väterlichem Geschmack. Auch Marx und Engels waren Bewunderer Fouriers und seit dem Hegel den Weg einmal geebnet hatte, beanspruchten sie eigentlich nicht mehr, als die Ideen von Fourier auf verallgemeinerte Weise in die Praxis umzusetzen. Gegenüber der Idee eines einzigen Universums, in dem gelebt oder überlebt wird, verteidigte Fourier die Existenz einer Kosmologie, in der wir doppelte oder dreifache Universen finden, aufgrund der mathematischen Spiegelungen jedes einzelnen menschlichen Lebens. Für ihn ist der

Mensch nur das einfache Resultat aus dieser Kombination. Die Anziehung oder der Hass zwischen den Menschen wären das Resultat einer Kombinationsserie und soziale Entscheidungen müssten demnach auch so verstanden werden. Der Einflussbereich dieses Denkers ging hin bis zu Victor Hugo und unter seinen Gegnern sollten wir auch nicht Baudelaire vergessen. Der Humor und die Vorschläge Fouriers, seine Schriften und seine Berechnungen schafften es, die mystische Kabbala mit den Vorschlägen sozialer Veränderung zu verbinden. In diese Richtung ging auch das Denken meines Vaters.

„Fourier war der erste Surrealist."

Aber vor allem war mein Vater ein Berufsphysiker aus Leidenschaft. Ein Mann der Wissenschaft. Zudem überzeugter Kommunist. Als er die Gesetze analysieren und verstehen wollte, die die soziale Veränderung bestimmen, blieb er Determinist. Das Gleiche galt für kulturelle und linguistische Themen.

„Abweichungen zählen nicht. Politik muss Wissenschaft sein und exakt, ebenso die Entscheidungen für den Bereich der Sprache."

Er dachte, dass sich sein Land ohne zu zweifeln für die Riksmål-Variante des Norwegischen entscheiden müsste. Ehrlich gesagt, hätte er seine Entscheidung in gleicher Weise auch für das Landsmål treffen können (obwohl das nicht ganz so sicher ist...) aber was überhaupt nicht in sein kartesianisches Denken passte, war die Möglichkeit, sich nicht festzulegen und die simultane Verwendung zweier verschiedener Arten der vereinigten Standardsprache zuzulassen.

„Aber ist es auch möglich gleichzeitig das arabische und das römische Zahlensystem zu verwenden? Nein, meine Herren! Zumindest nicht, wenn man nicht alles durcheinanderbringen möchte. Eine Entscheidung ist immer von Nöten, auch die Entscheidung für die Zeichen, mit denen man ein Problem der Mathematik oder der Physik lösen möchte. Würden wir uns nur für einen Standardtyp entscheiden, so würde die Verwendung von zwei verschiedenen uns nicht mehr all die Fehlschläge und Verwirrungen bringen."

Das Nynorsk war für ihn keine echte Option, da es auf einer Sprache basierte, die von Leuten gesprochen wurde, die auf dem kulturellen Gebiet weniger modernisiert waren. Die Fischer und Bauern, die ihr Leben weit entfernt von den öffentlichen Verwaltungen und Schulen gestalteten, benutzten ein Norwegisch, dass nicht mehr viel mit Riksmål zu tun hatte. Aber wenn das Praktischste und Effizienteste das Bokmål war, so war das schon Grund genug für meinen Vater, es allem anderen vorzuziehen.

Die Situation in Finnland andererseits, war viel klarer und die Meinung meines Vaters war eindeutig zu Gunsten der Verwendung des Vereinigten Finnischen gefallen, obwohl er, als er in Joensuu ankam, nur die zweite offizielle Sprache des Landes benutzen konnte: Schwedisch.

„Ich möchte vor allem die Sprache des Volkes lernen, aber dass Schwedisch auch offizielle Sprache ist, hilft mir dabei überhaupt nicht."

Mein Vater hatte Physik an der schwedischen Universität in Uppsala studiert und kam nach Joensuu als dort eine Stelle auf seinem Wissensgebiet öffentlich ausgeschrieben wurde. Die Universität war dort, so wie überall in Finnland, ein bilingualer Arbeitsbereich. Allerdings setzte sich Finnisch über die Jahre schrittweise gegenüber dem Rivalen Schwedisch durch. Die Richtlinien der Forschung, in denen er seine akademische Arbeit entwickelte, brachten ihn mit der Papierindustrie in Kontakt, dem wirtschaftlichen Motor der Region.

„Das nachhaltige Wachstum ist eine reelle Möglichkeit. Wenn wir in der Lage sind, die wissenschaftlich angemessenen Beiträge zu leisten, so werden wir alle einen Nutzen aus der Industrie ziehen können."

Aus der Vogelperspektive ist Finnland ein einziger großer Wald. Die meisten Bäume sind Birken und überall wachsen sie und vermehren sich. Die Finnen scheinen sich gänzlich dem Fällen dieser Bäume zu widmen. Ohne Unterlass schaffen sie die Bäume vom Ursprungsort zu den Papierfabriken. Für diese Transporte nutzen sie die breiten Wasserstraßen, die das Gebiet durchziehen. Bis vor einiger Zeit war dies die Hauptindustrie des Landes, aber da dieser Sektor jetzt in der Krise steckt, sind die Stützpfeiler der Produktion heute andere. Die Sportbekleidung von Karhu und die neuen Kommunikationstechnologien (Nokia) stellen heute den Großteil der Arbeitsstellen bereit. Die Papierindustrie ihrerseits sieht heute einem komplizierten Prozess der Neustrukturierung entgegen. Das entsprechende Gebiet der Forschung war die Arbeit meines Vaters.

In dieser ganzen Geschichte darf man nicht die fortschreitende und unaufhaltbare linguistische Wiedererlangung des Finnischen vergessen. Doch das wird eine detailliertere Erklärung benötigen, da es in direkter Beziehung mit dem Werdegang meines Vaters und mit der Entwicklung meiner eigenen Erziehung steht. Jetzt allerdings befinde ich mich nicht in der besten Verfassung, diese Arbeit zu bewältigen. Heute ist ein sonniger und wunderschöner Frühlingstag und ich bin viel zu müde. Diesen Teil der Geschichte werde ich euch zu einem anderen Zeitpunkt erzählen.

Bogatá
Neugranada
28. September, 1796

(Fortsetzung...)

Genauso wichtig wie die wissenschaftlichen Entdeckungen, die wir in unseren Laboratorien machten, waren die Erfolge der Wissenschaft und Technik, die nicht öffentlich gemacht wurden, sondern den Schatz unserer Organisation bereicherten. Das musst du mir glauben. Du hast bei einem Großteil der Projekte mitgearbeitet. Wir haben mehr als einmal zusammengearbeitet und waren nahe daran, greifbare Erfolge zu verzeichnen, aber wir gaben die Experimente auf, um uns anderen Aufgaben zu widmen. Meistens wurden die Experimente aber bis zum Ende durchgeführt und die Resultate bekannt gemacht, aber nicht durch die wissenschaftliche Gemeinschaft. Das, was ich dir hier erzähle, wird dir ein Schlüssel sein, um viele Verhaltensweisen zu verstehen, so wie die, von denen ich dir gerade geschrieben habe und andere, die dich vielleicht verwirrt haben.

Ich möchte mich trotz allem nicht nur auf die Entdeckungen der Wissenschaft beschränken. Diese wären außerdem nicht zu verstehen, ohne die versteckte Seite der baskischen Gesellschaft der Freunde des Landes zu kennen. Darin liegt der Kern meiner folgenden Erklärungen. Ganz ähnlich wie die antiken Griechen dafür kämpften, Helena zu befreien, so ist unser Ziel, die antike, klassische, rationalistische Kultur vom Joch der launenhaften Monarchien zu befreien. Wir wollen die radikale Demokratie wiedererlangen, die die täglich auf dem Diskussionsplatz kollektiv, rational und offen durchgeführt wird. Dafür haben wir die öffentliche Plattform der baskischen Gesellschaft genutzt, im gleichen Maße, wie wir jeden andern Deckmantel benutzt hätten, nicht mehr, nicht weniger.

Dieser Gebrauch der Organisation war von äußerst sonderbarer und kurioser Art, da der König als auch seine Berater immer dachten, sie wären es, die die Gesellschaft für sich benutzten, als einen Deckmantel für den König.

Um all das zu verstehen, muss man die Geschichte des königlichen Seminars genau kennen. Zum Beispiel müsste man sich an die bekannten wissenschaftlichen Personen und Arbeiten erinnern und würde sie im Licht dieser Enthüllungen als Mitglieder unserer Bruderschaft identifizieren können. Denk an Chaveneau, an Proust oder an Borge...

Um L. Proust dazu zu bringen mit uns zu arbeiten, mussten wir, wie du schon weißt, das Gesetz umgehen, das seit Felipe II. die Mobilität von universitärem Personal verbot. Außerdem wurde jeder Ausländer, der auf diesem Gebiet arbeitete, mit Misstrauen von der Inquisition beobachtet. Der Kampf gegen die lutherische Reformation machte es notwendig, eine spezielle Arbeitserlaubnis für jeden Wissenschaftler auszustellen, der von außerhalb der Grenzen des Monarchen des Königreichs Kastilien kam. Aber in Prousts Fall, konnten wir auf seine Zusammenarbeit zählen und uns über das ewige Verbot hinwegsetzen. Und das sogar ohne spezielle Erlaubnis. Die Gesellschaft engagierte ihn als Lehrenden, aber in Wirklichkeit stand er immer unter direktem Befehl des Grafen von Aranda. Dank Prousts Forschungen, erreichte das Heer von Kastilien verschiedenste Fortschritte und Innovationen auf dem Gebiet der chemischen Kriegsführung und das erlaubte über viele lästerliche und sträfliche Aspekte seines kostspieligen Lebens hinwegzusehen. Durch die baskische Gesellschaft kam er zu einem Professorenamt an der Artillerieakademie von Segovia, wo er eine neue Art von Schießpulver entdeckte. Und so konnte er mit der Hilfe von Munárriz ein neues und besseres System der Gewinnung von Kaliumnitrat entwickeln.

Im Falle Chaveneaus war es ähnlich. Die Gesellschaft brachte es mit Hilfe der königlichen Vermittlung zu Stande, ihn von den Forschungen, die ihm die Heilige Inquisition auferlegt hatte, zu erlösen. Man stellte ihn für die Arbeit im Laboratorium in Bergara ein und dort fand er einen Weg, die klassische Methode der Isolation von Platin zu verbessern. Dadurch konnten große Mengen des unreinen Metalls aus Amerika, besser gesagt aus Perú gebracht werden und der Profit der Kolonien steigerte sich um das Vierfache. Man braucht nicht zu erwähnen, dass dadurch auch die königliche Sympathie in Bezug auf die baskische Gesellschaft stetig zunahm und sich festigte.

Am Anfang mussten alle Beziehungen über Grimaldi geführt werden, aber der Einfluss der Gesellschaft wurde bald so groß, dass letztendlich der König selbst direkt in alle geschäftlichen Beziehungen mit der baskischen Gesellschaft involviert war. Darum sind die rechtsgültigen Statuten unserer Gesellschaft vollkommen andere, als die von anderen Gesellschaften zu jener Zeit. Die anderen Vereinigungen nehmen sich das Statut der „Matritense-Gesellschaft"[5] als Vorbild, während das der Baskischen

---

5 „Real Sociedad Económico Matritense de Amigos del País" – eine philanthropische Institution, die 1775 in Madrid von König Carlos III. gegründet wurde und sich auf verschiedene Themen im Zuge der Aufklärung bezog, beispielsweise Forschung im Bereich der Landwirtschaft, Unterstützung von gesellschaftlich Benach-

unzweifelhaft andersgeartet ist. Bedenke nur, als man 1760 anfing, unsere Gesellschaft öffentlich anzuerkennen, gab es nur sehr wenige Akademien und wissenschaftliche Strukturen auf diesem Gebiet im Königreich der Spanier.

Wenn ich mich nicht irre, die der spanischen Sprache 1714, die der Medizin 1734, die der Geschichte 1738, die der schönen Künste von San Fernando 1744, die von Barcelona 1751 und die von Sevilla 1752, alle auf dem Gebiet der Geisteswissenschaften. Unsere war die erste königliche Gesellschaft der *Wissenschaften* der Krone, so wie ich eben sagte, zur gleichen Zeit, die einzige königliche Gesellschaft der Wissenschaften überhaupt, da der Rest der Nachfolgenden sich in einem ganz anderen Modell organisierten, verschieden von dem Unserem.

Die baskische Gesellschaft kontrollierte die ansässigen Waffenfabriken in Eibar, wo die Waffen für das kastilische Militär produziert wurden. Obwohl sie nur selten öffentlich sichtbar wurden (zum Beispiel wird in den Niederschriften der versammelten Generäle Gipuzkoas von 1771 und 1794 darauf eingegangen, ohne dem aber größere Bedeutung beizumessen), so waren die zufriedenstellenden und freundschaftlichen Beziehungen zwischen der Krone und der Gesellschaft ein unbestreitbarer Fakt.

Merkwürdigerweise, gab der König vor, Kontrolle über die Gesellschaft und das letzte Wort in ihren Angelegenheiten zu haben. Daher akzeptierte er gern die Vorschläge der baskischen Gesellschaft für neue Systeme der Fischerei und die Restrukturierung der Landwirtschaft. Er

---

teiligten, Verbesserung von industriellen Prozessen, aber auch verschiedene künstlerische, literarische und historische Schwerpunkte hatte. Auch heute gibt es diese Institution noch mit gleichem Namen und Sitz in Madrid.

dachte, die Gesellschaft sei sein Eigentum und deren Vorschläge seien es genauso. Das nicht nur im Bereich der
Produktion, sondern auch in Bezug auf den politischen
und militärischen Bereich. Wie ich dir schon mitteilte,
waren die Angelegenheiten zudem ein wenig komplizier-
ter, als sie auf den ersten Blick schienen. Auch für die privilegierten königlichen Augen.

15. Mai, 2002

MITA KULUU?

„Wie geht´s?"

Den lieben langen Tag wiederhole ich das und sage es der ganzen Welt auf. Es ist in gewissem Sinne eine rhetorische Frage, die man aus Respekt, aber auch aus Nähe oder Höflichkeit benutzt. Eigentlich bedarf es keiner Antwort und manchmal frage ich mich, ob es überhaupt eine Frage ist, aber wenigstens reicht es für soziale Beziehungen. Ich verwende diese Frage immer, auf ganz natürliche Weise und an fast allen Orten.

„Wie geht´s?"

Auf Finnisch ist zwar die Bedeutung dieser Frage, die mir hier als Begrüßungsformel dient, mehr oder weniger das gleiche, aber das war lange anders. Über Jahrhunderte hat man diese Frage auf finnischem Territorium kaum verwendet. Die Geschichte des geeinigten Finnisch, die es jetzt erlaubt MITA KULUU? zu sagen, ist eine lange Geschichte, aber sie muss erklärt werden.

Finnisch ist genauso wie Baskisch *keine* indoeuropäische Sprache. Man weiß, dass Baskisch schon existierte, bevor die indoeuropäischen Sprachen nach Europa kamen und ebenso weiß man, dass Suomi aus der gleichen Zeit stammt wie Baskisch. Ihre nächsten linguistischen Verwandten befinden sich im Uralgebirge, aber geografisch näher wären Estnisch, Karelisch und Samisch. Es handelt sich um finno-ugrische Sprachen. In diesem linguistischen Verbund gruppieren sich ungefähr achtzehn verschiedene Systeme von Sprachen und Sprechweisen, aber, um beim Faden zu bleiben, interessieren uns jetzt nur die drei Sprachen Estnisch, Karelisch und Samisch.

„Wie geht´s?"

Heutzutage hat sich Finnisch ohne Zweifel gegenüber Karelisch und Samisch durchgesetzt. Die Aneignung der Sprache durch den finnischen Staat hat die Auslegung und Entwicklung einer Politik der linguistischen Normalisierung ermöglicht, die für die Nachbarsprachen unmöglich ist. Etwas Ähnliches ist mit dem Estnischen geschehen. Die Verwendung der von Tallin aus inszeniert und gesteuerten Sprache, hatte zur Folge, dass sich das Estnische heute in einer beneidenswert guten Verfassung befindet, obwohl es beinahe ein halbes Jahrhundert lang unter der sowjetischen Verwaltung und der russischen Sprache unterdrückt wurde.

Die Division und Separation zwischen den finnougrischen Sprachen ist ein Prozess, der sich in der Zeit verliert. Vielleicht müssten wir hier von mehr als fünftausend Jahren reden. Obwohl die grammatikalischen Strukturen aus Sicht der Experten Ähnlichkeit miteinander haben, so können sich die Sprecher der Sprachen untereinander praktisch nicht verstehen. In der Praxis haben beispielsweise das Ungarische und das Finnische nach fünftausend Jahren Trennung keinerlei sichtbare Ähnlichkeit mehr.

„Hmm… eigentlich ganz gut…!"

Seit dem Mittelalter hat das finnische Volk abgesondert von seinen Nachbarn gelebt. Man kann nicht unbedingt von Isolation reden, aber vielleicht eher von einer gewissen Ächtung im Laufe der Geschichte. Die Finnen hatten kaum Kontakt mit den umliegenden Volksgruppen, obwohl man erwiesenermaßen immerhin schon ab dem elften Jahrhundert von Christentum in Finnland sprechen kann. Bis zum sechszehnten Jahrhundert war der abendländische Teil Finnlands katholisch, während der morgenländische Teil sich zur christlich orthodoxen Religion bekannte. Die Sprachen der Kultur waren Schwedisch und Russisch. Letztere merkwürdigerweise im abendländischen Teil Kareliens lokalisiert. Man kann gewiss von einem finnischen Monolingualismus fast über die ganze bekannte Geschichte hinweg reden, da die Beziehungen mit dem Staat und dem Gerichtswesen immer auf Finnisch abgewickelt wurden, trotz des Faktes, dass Finnland eigentlich nur ein Gebiet unter Abhängigkeit einer weit entfernten Metropole war. Die katholische Kirche von Tavastia (Haeme) und von Wiburg (Viipuri) verwendete immer Finnisch. Sogar mit der politischen Macht in ausländischen Händen, konnte das finnische Volk das tägliche Leben in seiner eigenen Sprache entfalten. Ebenso kurios ist, dass es während dem Mittelalter in den finnischen Gebieten keinen wirklich Feudalismus gab. Die Familien lebten tatsächlich frei und versammelten sich nur, um gegen Invasionen von außen zu kämpfen, wie im berühmten Fall des Bauern Lalli, der im Januar 1156 den Mut besaß, sich dem Bischof und Invasor Heinrich von Uppsala entgegenzustellen und ihn auf dem zugefrorenen See Koeylioe zu erschlagen.

„Auf das hier der ausländische Eroberer ruhen mag!"

Zur Mitte des sechzehnten Jahrhunderts führte der schwedische König Gustav Vasa die lutherische Reformation ein und beanspruchte alle Gebiete der katholischen Kirche. Durch den Protestantismus, so wie im übrigen Europa, wurde mehr Wert auf Literatur in der Landessprache gelegt. Die einheimische Literatur fing an, sich immer stärker zu entfalten. Die ersten bekannten Schriften auf Finnisch tauchten als Anmerkung in einem deutschen Reisebuch auf: *Mijnna tachton ernast spuho somen gelen Emijna daijda* (Ich wollte, ich könnte finnisch sprechen, aber ich kann es nicht). Aus dieser Zeit stammen die ersten Texte dieser Sprache. Das finnische Alphabet hat das baskische ABC als Zeitgenossen (1543) und das *Testamentu berria* (Neues Testament auf Baskisch) wurde zur gleichen Zeit übersetzt wie das *Se Wsi Testamenti* (1548). Die baskischen und die finnischen Texte haben eine absolut parallele Entwicklung durchlaufen. Das könnte darauf zurückgehen, dass das Königreich Navarra damals auch protestantisch war und die Texte von Joanes Leizarraga sich auch in diesem kulturellen Kontext entwickelten. In der Widmung, die dieser Letztgenannte der Königin Jeanne III. von Navarra (*Heuskalduney… an die Basken*) verfasste, verdeutlichte er ihr die Schwierigkeit, eine geschriebene Sprache nach dem Geschmack aller zu finden („Jedermann weiß, dass die Arten im Baskenland zu sprechen, sich von Haus zu Haus fast gänzlich verändern. Man findet große Unterschiede und Vielgestaltigkeit an Mundarten...“). Als unser Baskischlehrer uns von all diesen Hintergründen erzählte, um die Entstehung des Euskera Batua oder Euskera unificado (das geeinte/offizielle Baskisch) zu erläutern, kam mir die ganze finnische Geschichte in den Kopf.

„Die Geschichten der Sprache, der Bildung und der Religion sind parallele Geschichten".

Aber weiter im Text. Im sechszehnten Jahrhundert erhob sich Jaakko Ilkka, der Anführer der Landarbeiter, gegen den Statthalter, der vom König von Schweden gesandt wurde. Sein Akt der Rebellion währte nur kurz, schon 1587 wurde er zum Tode verurteilt. Seine Worte allerdings blieben in der Geschichte als Ansporn für eine romantische Revolution erhalten, die gerade im Kommen war: *„Ei oikeutta maassa saa ken itse sit`ei hanki, ken vaivojansa vaikertaa on vaivojansa vanki"*, was soviel heißt wie: „Wenn wir die Gerechtigkeit nicht selbst in die Hand nehmen, werden wir nie etwas erreichen... Jener, der über seinen Schmerz jammert, wird immer in seinem Leid gefangen sein." Die Geschichte Finnlands blieb von diesen unvergesslichen Worten geprägt, die von Mund zu Mund überliefert, auch uns im Hier und Heute erreicht haben.

„Wenn wir die Gerechtigkeit nicht selbst in die Hand nehmen, werden wir nie etwas erreichen."

Im achtzehnten Jahrhundert gab es drei wichtige Universitäten in Skandinavien und den angrenzenden Gebieten. Die von *Uppsala* in Schweden, die *Abo* in Finnland und die *Tartú* in Estland. Die „Abo Akademie" in Turku hatte einen großen Einfluss auf das Fortbestehen des Finnischen, zumindest bis zu den Anfängen des neunzehnten Jahrhunderts. Es ist nicht so, dass diese Universität die große Verteidigerin der finnischen Sprache war, da alle Arbeiten auf Latein und auf Schwedisch ausgeführt wurden, aber die Akademie vereinfachte die Kontakte mit Europa insoweit, dass sich, mit der Romantik des 19. Jahrhunderts, der kulturelle Nationalismus in ihrem Umfeld festigen konnte.

„Die Sprache ist der Geist des Volkes..."

Aber, ebenso wie im Baskenland, so war die mündliche Überlieferung auch die stärkste Bastei der kulturellen Produktionen der finnischen Sprache. Daher benutzte der Anthropologe Lönnrot solche mündlichen Überlieferungen und die orale Sprachtradition als Quellen, um zu einer einheitlichen finnischen Sprachform für sein langes und berühmtes Epos Kalevala zu gelangen, anstatt sich dabei auf die Literatur religiöser Texte zu stützen. Die romantischen Linguisten jener Zeit sagten: „Die Sprache des Volkes ist die, die es im täglichen Leben benutzt." Gelebte und gesprochene Sprache. Diese Auffassung diente als Grundlage für die Konstruktion eines linguistischen Standards.

Als der schwedische König Gustav III. den Krieg gegen die Russen beginnen wollte, weigerten sich seine in Finnland stationierten Truppen. Da der Krieg ein reines Desaster war, versammelten sich die Soldaten in der Stadt Anjala (1790), lehnten sich gegen ihren Souverän auf und forderten unter anderem die Separation zwischen Finnland und Schweden. Sie wurden massakriert und ihre Forderungen vergessen, aber Schweden verlor später den Krieg und so rutschte Finnland in russische Abhängigkeit. Ein Jahrhundert später griff Napoleon den Kaiser Alexander I. von Russland an und bewilligte den Finnen weitestgehend Autonomie, um die, vom Feind gewonnenen Territorien, zu konsolidieren. So konnten sie ein Jahrhundert lang ihren Weg in Richtung Unabhängigkeit gehen und ihre kulturellen Fortschritte, als auch den Status ihrer eigenen Sprache festigen.

„Wir sind weder Schweden, noch sind wir Russen. Somit können wir nur Finnen sein."

Zu dieser Zeit müssen die Elhuyar-Brüder an der Universität von Uppsala gewesen sein, genauer gesagt, im berühmten Laboratorium Gustavium, wo sie als Forscher arbeiteten. Die Briefe, die mein Vater erhielt, stammen aus dieser Zeit.

Um mit dem Parallelismus weiterzumachen, auf den ich mich vorhin bezogen habe, müsste man noch anfügen, dass ein Jahrhundert später auch im Baskenland die Widerstandsbewegungen begannen, sich zu regen, angeführt von Sabino Vasco, Theoretiker und Politiker des modernen baskischen Nationalismus. Seit 1882 arbeitete er schon rege in diesem Bereich und 1892 veröffentlichte er anschaulich seine Gedanken in dem Buch *Bizkaya por su Independencia* (Bizkaya für seine Unabhängigkeit). Im darauffolgenden Jahr begann er mit der Herausgabe der Zeitschrift *Bizkaytarra* und 1895 gründete er die Partido Nacionalista Vasco (die nationalistische baskische Partei). All das lernte ich aber nicht hier im Baskenland, sondern schon in Finnland, als ich damit anfing, die baskische Sprache und Kultur zu studieren. Ich glaube, das muss ich später erklären, da ich jetzt von der Geschichte meines eigenen Volkes spreche und immer noch einige Fakten erklären muss, die ebenso ungenannt, wie wichtig sind. Und ich sage ich muss, weil im Feld der Geschichte, meiner Ansicht nach zu viel Wert auf Kriege, auf Könige, etc... gelegt wird und nur zu wenig auf das volkstümliche Leben und die kulturellen Konflikte. In der Geschichte unseres Volkes dürfen diese ganz spezifischen Blickwinkel allerdings nicht vergessen werden.

Eines sollten wir dabei vor allem nicht aus den Augen verlieren. Als der Unabhängigkeitskämpfer Göran Magnus Sprengtporten in seinen Versuchen scheiterte, oder wie ich vorher schon gesagt habe, als der Putsch von Anjala niedergeschlagen wurde, da war der Grund des Aufschwungs der nationalistischen finnischen Ideale nicht in militärischen Erfolgen zu finden, sondern in der Liebe zu der eigenen Kultur und grundsätzlich zu der eigenen Sprache. Der Widerstand gegen die Ausbreitung der slawischen Sprachen, oder anders formuliert, die Auseinandersetzung mit einem russischen Nationalismus, der sich mit linguistischen und kulturellen Angeboten verschleierte, war der eigentliche Schlüssel zur Unabhängigkeit. Um der russischsprachigen Expansion die Stirn zu bieten, verstärkte und entwickelte sich notgedrungen die Standardisierung des Finnischen, sowohl auf linguistischem Niveau, als auch im sozialen Gebrauch. Das war ein Zyklus von ungefähr hundert Jahren. Von 1830 bis 1940. Eine sehr lange Zeit. Schon wegen der Länge dieser Periode, tauchen in ihr einige grundlegende Fakten, sprachlich gesehen geradezu historische Meilensteine auf, die ich hier gerne erläutern würde.

Zu Beginn des neunzehnten Jahrhunderts war der normale linguistische Zustand im ganzen Gebiet die Diglossie. Einerseits wurde Schwedisch als die einzige offizielle Sprache angesehen, aber andererseits brauchte die Kirche Finnisch, um ihre Botschaft dem Volk verkünden zu können. 1809 begann dann die Ära der politischen Autonomie.

Bis zur Mitte des Jahrhunderts (die Verordnung wurde zwar 1851 festgesetzt, aber erst ab 1856 wirklich umgesetzt) verpflichtete ein rechtliches Dekret, alle autonomen Beamten dazu, des Finnischen mächtig zu sein. Sie mussten in der Lage sein, in dieser Sprache mit dem Volk sprechen zu können. (Obacht! Es *sprechen* zu können, nicht es *schreiben* zu können).

Etwas später (1863) wurde das Gesetz zur Sprache veröffentlicht. Obwohl Schwedisch immer noch die einzige offizielle Sprache war, gab man einen Zeitraum von zwanzig Jahren vor, um Schwedisch und Finnisch Schritt für Schritt einander anzugleichen. 1883 wurde die linguistische Verteilung bestätigt, was in diesem Fall bedeutete, dass in den schwedischen Provinzen, Schwedisch immer noch Amtssprache blieb, während man in den finnischen Provinzen, wenn Finnisch noch nicht wirklich offiziellen Status erlangt hatte, zumindest eine Gleichsetzung beider Sprachen zuließ. Durch die politische Unabhängigkeit 1917 wurde Finnisch letztendlich die offizielle Sprache.

„In der Praxis ist eine absolute Symmetrie im Gebrauch der Sprachen unmöglich."

Seitdem blieb die Gleichheit garantiert. Es ist kein Zufall, dass die Gleichheit aus der Hand der politischen Unabhängigkeit kam, ein Erfolg, den man aus historischer Sicht betrachtet, nicht von dem Sieg der Sowjets in der Russischen Revolution trennen kann. Bis zu diesem Zeitpunkt war Finnland nur eine autonome Provinz im Schoße des Russischen Reiches. Es war eines der Zufluchtsorte Lenins gewesen und dieser hatte die Macht in Moskau an sich gerissen. Da er sein Erlebnisse mit den Finnen nicht vergessen hatte, vereinfachte er den Weg der politischen Konsolidierung der finnischen Nation. Lenin war zudem immer äußerst pragmatisch in seiner politischen Bewertung des Nationalismus. Nach ihm konnte man zum Beispiel den polnischen und den finnischen Nationalismus als revolutionär betrachten, in dem Maße, dass sie ja anti-zarische Kräfte waren. Das heißt, für den Vordenker der kommunistischen Revolution befand sich der Schwerpunkt des Nationalismus nicht in den Bewegungen der Befreiung des Volkes und der kolonisierten Kulturen, sondern in den politischen konjunkturellen Positionierungen. Das könnte auch der Grund sein, warum er der Kavallerie der roten Armee riet, auf das Einschreiten in Polen zu verzichten. Und er hatte tatsächlich Recht, denn jene Soldaten, die schon im Weltkrieg und während der Revolution Erfahrungen gesammelt hatten, erlitten letztlich ihre größte Niederlage gegen die Polen. Aber ich bin nicht hier, um von Revolution zu reden, ebenso wenig von Kommunismus oder von Lenin, sondern ich bin hier um von Finnland zu erzählen. Verzeiht mir, ich habe den Faden verloren. Ich komme wieder zu meiner Geschichte.

Mit der Erlangung der Freiheit durch die Russische Revolution 1922, erreichten die Finnen es schließlich sich von der russischen Abhängigkeit zu lösen. Im selben Jahr wurde das erste linguistische Gesetz verabschiedet, das Finnisch zur offiziellen Sprache machte. Eine Folge daraus war, dass ab 1947 Finnisch in ganz Finnland verstanden und gesprochen wurde. Nach Jahrhunderten des fortschreitenden Verfalls der Sprache, war die Normalisierung gesichert.

Die letzten Konflikte auf sprachlicher Ebene wurden aber nicht zwischen den Russen und den Finnen ausgetragen, sondern zwischen dem Finnischen und dem Schwedischen. In diesen kulturellen Geplänkeln wurde die Teilung des finnischen Nationalismus immer deutlicher, die Teilung zwischen „moderaten Traditionellen" und „Jungen Radikalen".

„Finnisch ist die Sprache der Finnen."

„Schwedisch ist nicht nur eine internationale Kultursprache, sondern auch die Sprache vieler Finnen schwedischer Abstammung."

Die traditionellen nationalistischen Politiker wollten eine nationale Einigung herbeiführen. Eine konservative Konzeption der Sprache voraussetzend, konnten sie die Forderungen der jungen Generation nicht verstehen, die einen finnischen Staat verlangten, der auch durch und durch finnisch sein sollte. Trotz des russischsprachigen Panslawismus war die Bildung auf Finnisch schon tief genug verwurzelt, um die Zukunft der Sprache zu garantieren. Ausgehend von der Unabhängigkeit, versuchte der radikale linguistische Entwurf dennoch, die soziale Verwendung der schwedischen Sprache verschwinden zu lassen, da sie als potenzieller Feind angesehen wurde. Es waren verschiedene Dialoge und Treffen notwendig, um zu der, vom Parlament rechtlich akzeptierten, Lösung zu kommen: Schwedisch als auch Finnisch sind nationale Sprachen und alle staatlichen Ämter müssen bilingual sein. Samisch, die dritte nationale Sprache wurde bei dieser Diskussion vergessen, es wurde bei den politischen Verhandlungen ausgeschlossen und dadurch auch jedweder offizielle Status aberkannt... und so ist die Sachlage noch heute.

Die Option, jede einzelne der beiden offiziellen Sprachen in Bezug auf die Verwaltung des Staates verwenden zu können, ermöglicht das individuelle Recht auf Monolingualismus. Die Samen wurden von diesem Recht ausgeschlossen.

„Die Samen sind genauso wenig Finnen, wie sie Norweger oder Schweden sind."

So war die Lage, als meine Mutter ihr Lehramtsstudium in Joensuu begann. Und so ist es auch heute noch.

Als meine Mutter anfing zu studieren, hatte sie sich das noch nicht vergegenwärtigt. Sie wusste, dass sie vom Norden kam und eine andere Sprache benutzte, aber maß dem keine große Bedeutung bei. In Joensuu fing sie an, sich für die Alphabetisierung zu interessieren und so begann sie auch direkt ihre Lehramtspraktika in diesem Bereich zu absolvieren. Immigranten und Menschen von geringem kulturellen Bildungsstand waren ihre Schüler. Viele von ihnen hatten nie eine Schule betreten. Im Kontakt mit ihnen fand meine Mutter zu sich selbst. Und sie fand auch meinen Vater.

„Warum willst du diese Sprache lernen?"

So fingen ihre Kurse an. Das ist eine herrliche Geschichte, die es Wert ist, mit Ruhe erzählt zu werden und die auch, wie gesagt, mit den Geschichten, die ich vorher erzählt habe, zu tun hat. Sie ist zwar nicht so bedeutend, aber sie verdient unsere Aufmerksamkeit. Ich habe jetzt zwar noch Platz auf dem Videoband, aber ich hebe die Geschichte für den Moment erst einmal auf, so dass ich sie später in der Weise erzählen kann, wie die Geschichte es verdient.

Bogotá,
Neugranada
28. September, 1796

(Fortsetzung...)

In einer geheimen Forschung der Gesellschaft wurde
eine Schwäche des Militärs auf dem Gebiet der Verteidigung der internen Grenzen der amerikanischen Kolonien
aufgedeckt. Darum beschloss man im Februar 1778 das
berühmte Dekret, dass die Marktfreiheit in diesem Gebiet
zuließ. Aus den gleichen Gründen, schlug man auch eine
Verschiebung der Grenzen und die zugehörigen Kom-
missionen und Steuern vor, eine Verschiebung in Richtung Küste. Aufgrund der vorangegangenen Forschungen befand sich der König in der misslichen Lage, diese
Veränderungen aus ökonomischen und aus militärischen
Gründen umsetzen zu müssen. Die Gesellschaft kümmerte sich darum, diese Veränderungen voranzubringen und
den König zu beraten, obwohl die Versammelten Generäle von Gipuzkoa sich daraufhin dagegen positionierten
und sich auf „Rechtsbruch" beriefen. Der König allerdings war zufrieden.
Was der König aber nicht wissen konnte, war, dass danach eine Bewegung gegen die Monarchie ins Rollen
kam, die immer mehr Kräfte vereinte und die Autorität
der Krone immer mehr unterspülte. Das Imperium begann seinen Fall. Am besten ausgedrückt, könnte man
sagen, wir haben den König Schachmatt gesetzt. Das, was
wir vorschlugen, wurde von ihm angenommen und vo-
rangetrieben, im Glauben, das es das Beste für ihn sei.
Obwohl die Gesellschaft in der Öffentlichkeit an der Seite

des Königs mitzulaufen schien, ver-wandelten sich seine königlichen Entscheidungen letztendlich in seinen Fallstrick. Um die Wahrheit zu sagen, gelang uns das erstaunlich gut. Du wirst jetzt durch deine Kontakte in Mexiko vielleicht bemerkt haben, dass die altersschwache Macht der Monarchie ihre Wurzeln in jene Saat versenkt, die wir damals gepflanzt haben.

27. Mai, 2002

UM OLHAR SOBRE EDUCAÇAO E CULTURA

Es ist sehr heiß. Südwind. Diese Art Klima ist für Leute, die aus dem Land der Mitternachtssonne kommen, ein Ansporn, das Leben zu lieben. Hier ist es keineswegs tropisch. Es ist auch nicht diese südliche Hitze, aber für uns Skandinavier, scheint es trotzdem eine andere Welt zu sein. Ich erinnere mich noch daran, vielleicht aufgrund meiner „speziellen" baskischen Aussprache, als mich die Leute in Donostia fragten, ob ich aus dem Norden käme.

„Du kommst aus dem Norden, oder?"

Ich wunderte mich schlichtweg. Ich konnte nicht verstehen, wie einfach es ihnen fiel, das festzustellen. In Skandinavien zum Beispiel, wegen meiner dunklen Haut, meiner untypischen Gesichtszüge und meiner kleinen Gestalt, würde niemand vermuten, dass ich von dort käme. Und im Baskenland, ganz im Gegensatz dazu, obendrein, dass ich baskisch redete, erkannten sie meine nördliche Abstammung. Obwohl man ja sagt, nicht alles was schwarz ist, ist Kohle und nicht alles was weiß ist, ist Mehl, erschien es mir unmöglich, dass sie das bemerkten. Später allerdings erfuhr ich, dass durch den literarischen Einfluss von Axular in meinem Lernprozess des Baskischen, meine Gesprächspartner meinten „aus dem Norden" des Baskenlandes und nicht, wie ich dachte, von den Ländern rings um den Nordpol.

„Du kommst wohl von der anderen Seite?"

Nun gut, man lernt halt immer dazu. Man sollte versuchen, die Ohren immer gespitzt zu halten.

Bei meinen ersten Schritten mit der baskischen Sprache stützte ich mich auf Texte von Pedro Agerre und als Gegenleistung für seine Hilfe, übernahm ich eine Menge altmodischer Wörter in mein Vokabular, die heutzutage praktisch unbekannt sind. Das geschah aus reinster Ahnungslosigkeit. Und so war es nicht nur mit dem Wortschatz. Meine grammatikalischen Strukturen, die Syntax, etc., etc., gründeten sich auf meine Lektüre des klassischen *Labortano* - eine Gattung des Baskischen, die im Süden Frankreichs gesprochen wird. Daher verwendete ich weder die richtige Anaphorik, noch die richtigen Pluralisierungen... Ich sprach im Grunde das Baskisch, das nördlich der Grenze gesprochen wird, bis auf die Phonetik. Ich hatte, ehrlich gesagt, immer eine ziemlich neutrale Aussprache und vielleicht, eine, die dem *Guipuzcoano* ganz ähnlich ist, dem Baskisch, das in der Provinz Gipuzkoa gesprochen wird. Das liegt daran, dass die ersten Basken, die ich in Joensuu getroffen habe, Arbeiter aus dem Papiersektor waren, die aus Tolosa und Hernani[6] kamen. Von ihnen habe ich die Redeweise übernommen, was dann auch meine späteren autodidaktischen Lernprozesse beeinflusste. Man kann also nicht sagen, dass meine Prosodie sehr dem *Labortano* entspricht, aber meine Sprechweise vielleicht schon. Ach, es wird besser sein, das alles später zu besprechen.

„Ich bin müde."

Das könnte sein, weil ich eine Sprache benutze, die nicht die Meine ist und mir irgendwie gekünstelt über die Lippen kommt.

Auch meine Mutter musste ihre Sprache lernen, oder besser gesagt, musste die Sprache, die sie als Kind einmal

---

[6] Tolosa und Hernani sind Dörfer der Provinz Gipuzkoa und liegen somit im nördlichen Teil des Baskenlandes.

beherrschte, wieder neu erlernen, da sie sie in ihrer Entwicklung zur Erwachsenen und durch die damit einhergehende Anpassung an die Kultur, verloren hatte. Auf diesem Weg fand sie die Lehren des brasilianischen Pädagogen Paulo Freire. Durch ihn war es ihr möglich, sich als Erwachsene in die Alphabetisierung zu vertiefen und so das Samische wieder über das Finnische, das ihre Schullaufbahn bestimmt hatte, hinaus verwenden zu können. Es gab hinter diesen Studien und auch hinter den Reflektionen, die sie darüber hinaus verwendete, keine bestimmte ideologische Motivation. Im Gegenteil, meine Mutter stieß durch ihre kirchlichen Tätigkeiten auf Freire. Zwischen den Büchern, die vom Weltrat der Genfer Kirche veröffentlicht wurden, fand sie ein Exemplar von *Educacion y acción cultural* (Bildung und kulturelle Tätigkeit), veröffentlicht in den Siebzigern.

„Den Einfluss dieses Buches auf meine Entwicklung kann man mit keinem anderen Ereignis meines Lebens gleichsetzen."

„So schlimm wird es schon nicht sein."

In den Abendkursen, die mein Mutter abhielt, trafen sich allerlei verschiedene Persönlichkeiten: Samen, so verloren, wie sie selbst, Leute aus Nordkarelien, Russen, Flüchtlinge aus den baltischen Staaten... Im Ganzen, Immigranten mit den seltsamsten Wurzeln. Zwischen ihnen mein Vater. Er wollte Finnisch lernen. Er wollte lesen und schreiben lernen.

„Es ist für mich ein Muss, die Sprache des Landes, in dem ich wohne, zu kennen und zu verwenden."

„Ich, ein Spießer? Was sagst du da!?..."

Zwischen den meisten skandinavischen Sprachen braucht es keine Übersetzung. Das heißt, die Schweden können in ihrer Sprache sprechen, ebenso die Norweger und die Dänen in ihrer jeweiligen Sprache und alle können sich einigermaßen verstehen. So musste mein Vater beispielsweise, als er an der schwedischen Universität in Uppsala studierte, nicht extra noch Schwedisch lesen und schreiben lernen. In Joensuu war es aber anders, da hier auch das Finnische mit hineinspielte.

„Ich möchte in der Sprache sprechen, die das arbeitende Volk spricht. Ich bin kein Spießer."

Meine Mutter wendete bei ihren Klassen keine grammatikalischen Methoden an. Ihre Schüler waren keine Kinder, sondern Erwachsene aus verschiedenen Sprachen und Kulturen, mit verschiedenen Geschichten. Sie versuchte, all die kulturellen Hintergründe ihrer Schüler in Erfahrung zu bringen und durch dieses Wissen, jeden individuell ins Auge fassend, den Schülern das Lernen der neuen Sprache und Kultur einfacher zu machen.

„Wenn ich all diesen Immigranten nicht Finnisch beibringen hätte müssen, wäre ich nicht in der Lage gewesen, meine geliebte Sprache, das Samische wieder aufzufrischen. Auch das schulden wir Freire..."

Und mein Vater seinerseits runzelte die Stirn, wenn er an diesen sogenannten Freire dachte, der ein stattlicher, braungebrannter, brasilianischer Intellektueller sein musste, von dem alle finnischen und samischen Frauen träumten...

„Hör mir zu: Es gibt keinen echten Dialog, wenn das Subjekt nicht kritisch ist. Aber niemand kann kritisch sein, ohne dabei die Realität und die Notwendigkeit von Veränderung mit einzubeziehen."

„Zumindest in diesem Punkt bin ich mit diesem Freire einverstanden."

Die Grundlage der Lehrmethode meiner Mutter war ein Brief des afrikanischen Unabhängigkeitskämpfers Mario Cabral, den er an Freire geschickt hatte: „Eine ausländische Sprache zu lernen als wäre sie die Landessprache, hat keinen Sinn... Die eigene Landessprache zu verwenden ist andererseits besonders für die kleineren Volksgruppen, die einzige Möglichkeit des kulturellen Widerstandes."

Diese Aussage, als wäre sie die Madeleine Marcel Prousts Großmutter[7], entfachte die Solidarität und das Interesse meiner Mutter für jene Volksgruppen, deren Sprachen gegeißelt wurden. Ohne es selbst zu bemerken, fing sie an, sich an gewisse Dinge zu erinnern. In ihren Erinnerungen tauchte diese Sprache auf, die der Geistliche ihres Dorfes auf so grazile, elegante und gebildete Weise benutzte, weit entfernt, an den Niederungen des Inarisees, dort wo die Freunde ihrer Eltern sich in der erhabenen Sprache unterhielten, die angenehmen melodiösen Sätze, die ihre Tanten hin- und herwarfen... All das tauchte nach und nach aus ihrer Erinnerung auf, ganz ähnlich den Erinnerungen, die Proust in den Kopf schossen, durch den Biss in die in den Tee getauchte Madeleine, das Schlüsselerlebnis, das die Tiefen der im Kopf gehüteten Erlebnisse wachrüttelte, die hintersten Kammern aufschloss. Im Fall meiner Mutter führte dieser Erinnerungsprozess nicht zur finnischen Sprache, sondern hin zu den verborgenen Klängen des Samischen.

„Wo ist Großvater?"

Meine Mutter war sehr religiös, schon von klein auf. Der Geistliche, der in ihrem Dorf predigte, war Same, und um mit Gott zu sprechen, verwendete er diese Sprache auf düstere, doch zugleich auch irgendwie sehr gelehrte und vornehme Art und Weise. Er konnte auch das normale Samisch sprechen, wenn er sich mit seinen Kirchgängern unterhielt. Er hatte ein breites und vielfältiges Register und beherrschte es mit Geschick.

---

[7] M. Proust: *Auf der Suche nach der verlorenen Zeit.*

„Der Friede sei mit euch..."

Als der Pastor starb, wurde er durch einen Jüngeren ersetzt, der nur Finnisch konnte. Aber ehrlich gesagt war dieser auch im Finnischen kein großer Redner und folglich wurde die Kirche von Mal zu Mal leerer. Obwohl es nicht unbedingt daran liegen musste, nahm auch die Verwendung des Samischen unter den Gläubigen immer mehr ab. Vielleicht begann an diesem Punkt, der lange Weg der sprachlichen Substitution, den meine Mutter ging.

„Meine innere Stimme fing an, mit mir auf Finnisch zu reden."

Als sie sich an diese Erlebnisse erinnerte, fing sie mit ihrer Methode der kulturellen Alphabetisierung an. Nämlich, indem sie sich auf die Erinnerungen und das Wissen derer stützte, die kamen, um zu lernen. Die Ergebnisse waren äußerst positiv.

Auch die von Freire ausgearbeiteten Vorschläge, die Alphabetisierung stärker ins Bewusstsein zu rufen und aktiv zu werden, hatten immensen Erfolg. Zum Beispiel schaffte man es, im Nordosten Brasiliens des Jahres 1962, wo von 25 Millionen Einwohnern 15 Millionen Analphabeten waren, durch seine Methode in der Stadt Angicos, genauer gesagt im Distrikt „Río grande do Norte", innerhalb von fünfundvierzig Tagen dreihundert Bauern lesen und schreiben beizubringen. Zwei Jahre später wurden dort aufgrund des Erfolgs dieses ersten Versuches, zwanzigtausend Alphabetisierungszentren vorbereitet, mit denen man sich erhoffte, eine potenzielle Zahl von zwei Millionen Schülern zu erreichen. Aber leider endeten diese Pläne in einem Desaster und Freire landete aufgrund eines Militärputsches, bei dem sein Schaffen als gefährliche kulturelle Explosion angesehen und daher verhindert wurde, im Exil. Dennoch ließ sich meine Mutter von diesen praktischen Erfahrungen und von den Theorien, die daraus entstanden, inspirieren, für die Entwicklung ihres Lehrplans für ihre erwachsenen Schüler in Joensuu. Die Methode des Dialogs Freires, also die didaktische Methodik, gegründet auf Konversation, verwandelte sich in die Basis und Grundlage ihrer Idee der Alphabetisierung. All das verstärkte die Bewusstseinsbildung meiner Mutter. Diese Bewusstseinseinstellung war anfangs nur Seitens der Linguistik. Das heißt, sie fing an, sich für den Wiederaufbau ihrer Sprache, Samisch, zu interessieren. Danach entwickelte sich in ihr auch ein nationales Bewusstsein: sie wollte sich nicht mehr als Finnin sehen, sondern sie sah sich selbst jetzt als Samin. Letztendlich war es ein durchaus revolutionäres Bewusstsein, das hervortrat und sich in ihren Ideen festsetzte. Das überwog sogar noch die religiösen Wurzeln, die sie bis dahin stark gekennzeichnet hatten. In dieser Verfassung stieß sie auf meinen Vater als einen ihrer Schüler.

„Wir beide träumen von der gleichen Welt."

Freire sagte: „Die Bewusstseinsbildung, als kritische Haltung der Menschen gegenüber der Geschichte verstanden, ist ein endloser Prozess." Diese kritische Haltung zeichnete das Leben meiner Mutter bis zu ihrem Ende, wortwörtlich. Das heißt, es war das, was sie bis zum Ende ihrer Tage antrieb, das, weswegen sie starb... oder, zumindest weswegen ihr das Leben genommen wurde.

„Jetzt habe ich keine Zeit, aber zu einem anderen Moment werden wir dieses Thema anschneiden." Das war ihr Lieblingssatz damals, der Widerschein ihrer Einstellung zum Leben.

Sie sagte immer:

„Eines Tages fragte man Alexander den Großen, wie er so viele Siege und Reichtümer gewinnen konnte, wie er so viele Städte und Königreiche bezwingen konnte und er antwortete: *Nihil procrastinanas.* Verschiebe nichts auf morgen."

Da er jeden Tag das tat, was er tun musste, gewann er viel, hatte aber ein kurzes Leben. Unsere Mutter, obwohl sie in dieser Welt keine allzu großen Erfolge errang, hatte auch ein kurzes Leben.

Mein Vater, der als Dozent und Forscher an die Universität Joensuus gekommen war, wollte seinen ganzen Fleiß in die Belange der Firma stecken. Durch seine Studien in Uppsala kannte er jedes Geheimnis der Papierproduktion.

„Die fortschreitende Entwicklung bringt Reichtum mit sich, aber wir dürfen nicht für eine Entwicklung arbeiten, die unsere Welt zerstört."

Obwohl mein Vater im maritimen Bergen geboren wurde und seine Mutter eine norwegische Seefahrerin war, hatte er keinen allzu großen Bezug zum Meer. Bergen selbst gefiel ihm nicht einmal, da sein engster Familienkreis dort wohnte und mit dem hatte er schon lange die Beziehung abgebrochen. Sie waren Aristokraten und in der puritanischen und konservativen Stimmung, die die norwegische Gesellschaft charakterisierte, hatte mein Vater bei ihnen das Gefühl zu ertrinken, genauso als ob er im Meer ertrinken würde.

„Das ist nicht meine wirkliche Heimat. Hier habe ich keine Familie. Das ist nicht das Volk, das ich lieben wollte."

Um sich von diesen jugendhaften Sorgen zu befreien, verließ er recht schnell das Familienumfeld. Er fand dafür keine bessere Entschuldigung, als die, nach Schweden umzuziehen, um seine akademischen Studien dort an der hochrangigen Universität von Uppsala fortzusetzen. Auf der einen Seite gelang es ihm dadurch Norwegen hinter sich zu lassen. Auf der anderen Seite, zusätzlich zur Vertiefung in seine wissenschaftlichen Vorlieben, hatte er vollste Zustimmung der enthusiastischen Familie aufgrund des Prestiges der ausgewählten Universität. Als Student in Uppsala fand er in dem alten Laboratorium *Gustavanium* die Briefe, die Juan José Elhuyar an seinen Bruder Fausto schickte.

„Aber was sind das für alte Dokumente? Und in welcher Sprache sind sie geschrieben?"

Wie ich vorher schon erwähnt hatte, waren sie auf Baskisch geschrieben, obwohl mein Vater das zu diesem Zeitpunkt nicht wusste. Außerdem wurde die Lektüre durch eine seltsame Kaligraphie erschwert, die die Briefe fast unlesbar machte.

„Ich weiß nicht warum, aber wir hatten diese Papiere im Labor. Ich habe sie dir mal mitgebracht, vielleicht kannst du ja was damit anfangen und etwas übersetzen, bevor wir uns davon entledigen."

Dieses Geheimnis ließ mich nicht los. Ich hütete seitdem den Packen Briefe und nur ein paar Jahre später, als ich schon Baskischschüler in Joensuu war, erfuhr ich endlich, was diese Briefe preiszugeben hatten. Das war der Moment, als ich langsam anfing zu ahnen, welcher Wert in diesen alten Dokumenten steckte. Der ganzen Bedeutung der Briefe wurde ich mir aber erst bewusst als ich in das Baskenland kam. Ich werde schon Gelegenheit haben, von alledem zu erzählen, alles zu seiner Zeit. Jetzt muss ich erst einmal von einem wichtigen Moment, einem Einschnitt in mein Leben berichten: der Tod meiner Mutter.

Als meine Mutter ihr soziales Bewusstsein und ihre Beziehung mit meinem Vater festigte, verwandelte sie sich in eine wahrhafte Anführerin der sozialen Bewegung ihres Umfeldes. Sie hatte für nichts Zeit, nicht einmal um die Wochenenden ruhig zu Hause mit ihrer Familie zu verbringen. Sie hatte immer etwas zu tun.

„Wir werden versuchen mal vorbeizukommen... Wir machen schon mal was."

Das waren die geläufigsten Sätze in unserer Familie und in Beziehung zu unserem Umfeld. Kampagnen der Alphabetisierung für Immigranten organisieren, in Kursen der Geschichte der Wissenschaft assistieren, die mein Vater gab, den Widerstand gegen die Zerstörung von Land aufgrund der Papierindustrie organisieren... wir hatten immer etwas zu tun, ob es nun im Haus oder auf der Straße war.

Bei all diesen Betätigungen war es nicht überraschend, an unserer Seite einen Basken zu finden, der gerade an der Universität studierte und in besagter Papierindustrie arbeitete. Unser Kampf war im Wesentlichen ein ökologischer, einer für die gerechtere Verteilung von Land. Oder besser gesagt, eine gerechtere Verteilung des Wassers, da praktisch ganz Finnland und vor allem Karelien mehr Wasser als Land ist. Trotzdem sind nicht alle Seen, die sich in unserem Umfeld befinden natürliche Gewässer, ein großer Teil davon ist das Resultat des undifferenzierten Eingriffs des Menschen. Zwischen den Seen hat man ein Netz an Kanälen geschaffen, das unser gesamtes Land wie ein Raster durchfließt. Es ist beinahe leichter von Joensuu nach Helsinki auf Wasserwegen zu reisen, als über Land. Diese ganze Infrastruktur nutzt man leider nur, um geschnittenes Holz zu den Papierfabriken zu transportieren, pausenlos, vierundzwanzig Stunden, sieben Tage die Woche. Die Älteren unter uns machen sich immer mehr Sorgen.

„Die Erde kann diesen Rhythmus nicht mehr lange mitmachen."

Einmal entschieden wir uns, uns zu einer gemeinsamen Aktion zu versammeln, um eben diese gewaltsame Nutzung der Natur öffentlich anzuprangern. Wir versammelten die Anwohner aus allen Stadtteilen Joensuus. Obwohl das nicht mehr als eine weitere unserer Protestaktionen sein sollte, verwandelte es sich in eine Katastrophe. Ein Umstand, der unsere Leben zeichnete: ein Ereignis, ebenso wahr wie finster. Dieser Tag veränderte unsere Zukunft. In diesem Protest verlor meine Mutter ihr Leben.

Meine Mutter hatte ziemlich dunkle Haut und war keine große Rednerin. Sie machte sich nicht bemerkbar. Selbst wenn du direkt an ihrer Seite standst, bemerktest du ihre Präsenz kaum, aber sie hatte einen unbeugsamen Willen. Seitdem sie klein war, lernte sie mit äußerst schwierigen Situationen umzugehen und das, was sie damals gelernt hatte, lehrte sie uns. Ihre Art zu sterben war ihre letzte Lektion.

Obwohl es ein Feiertag war, war es ein ganz normaler Tag für uns. Der See, der direkt neben Joensuu liegt und es sozusagen umschließt, füllte sich mit Birkenstämmen, die aus verschiedenen Flüssen und Kanälen ankamen. Unsere Aktion, um die Verschmutzung des Sees durch die Papierindustrieanlagen anzuprangern, bestand darin, in den See zu steigen und uns vor diesen Stämmen zu positionieren. Gegen Mittag fingen wir an, einer nach dem anderen, in das nasse Element zu steigen. Die Transporteure, die auf den Stämmen standen - im Baskenland hat man sie früher „almadieros" (in etwa: Baumseelen) genannt- versuchten noch die Stämme umzuleiten, sodass sie uns nicht rammten. Im Fall meiner Mutter gelang das nicht. Obwohl wir die Transporteure über den Unfall informierten, machten sie weiter, als ob nichts passiert wäre. Und als wir sie retten wollten, war es schon zu spät. Unsere Nerven erschwerten es uns, zu klaren Gedanken zu kommen, die die Situation hätten beruhigen können. Mama wurde zerquetscht und man konnte nichts mehr tun. Das, was vorher nur nach einer einfachen Protestaktion aussah, verwandelte sich in eine wahrhafte Tragödie, verwandelte sich in den Tod meiner Mutter.

„Ihr Schweeeeeiiine...!"

Das ganze Dorf war natürlich erschüttert, aber in unserem Haus war der Schock zu groß, ein totaler Knock-Out. Unsere Mutter hatte zwar zu ihren Lebzeiten nicht allzu viel Platz zu Hause eingenommen, doch ihr Fehlen hinterließ ein so großes Loch, dass unser Heim kein Heim mehr war. Wir konnten nichts tun. Wir gingen nicht mal mehr aus dem Haus. Wir wollten alleine sein, aber die Einsamkeit machte es uns unerträglich. Wir gingen auf die Straße und hatten nicht einmal mehr die Kraft zu gehen.

Seitdem ich klein war, wurde ich mit der Gewohnheit erzogen, die heimischen Arbeiten mit zu erledigen. Wir organisierten uns in der Familie und jeder einzelne kümmerte sich um sein Zimmer, aber auch den Rest der täglichen Aufgaben teilten wir auf. Für die Einkäufe war Mutter verantwortlich, während die Zubereitung des Mittag- und Abendessens in den väterlichen Händen lag. Ich kümmerte mich um die Wäsche und bügelte die Kleidung. Da wir in unserem Dorf lange Zeiten zubrachten, ohne die Sonne zu sehen, nutzten wir über einen großen Zeitraum des Jahres die Sauna, um die Kleidung zu trocknen, die in fast allen Häusern unseres Gebietes dazugehört. Mein Verantwortungsbereich in den häuslichen Aufgaben war folglich nicht gerade klein, hatte man es sich aber einmal zur Gewohnheit gemacht, dann war es auch nicht allzu anstrengend. Trotzdem war ich nicht in der Lage auch nur einen Waschgang zu machen, als meine Mutter starb. Mein Vater seinerseits bereitete kein ein-

ziges Essen zu und unter diesen Umständen versunken
wir in einer Spirale aus Depression und Schmutz. Mit der
Zeit hatten wir keine Kleidung mehr, um uns umzuziehen, die Schränke wurden leerer und leerer, wir aßen
nicht mehr zu Hause und das Haus wuchs uns über den
Kopf. Die kleinsten häuslichen Arbeiten verwandelten
sich in eine immense Last und jeder musste sich auf seine
Weise von diesem Heim trennen, das nicht mehr dasselbe
war.

Das war der Hauptgrund, warum ich hierhergekommen bin. Ich brauchte einen Wechsel, ein neues zu Hause,
eine neue Stadt. Ich wollte dieses feuchte, dunkle Loch
hinter mir lassen. Wie am Anfang schon gesagt, konnte
ich dafür das europäische ERASMUS-Programm nutzen
und entschied mich, ins Baskenland zu kommen.

Mein Vater seinerseits entschied sich, die Universität
bleiben zu lassen und sich mit seiner Präsenz für die
Fortsetzung der Arbeit einzusetzen, die meine Mutter eingeleitet hatte: Immigranten Lesen und Schreiben
beizubringen. Das versuchte er zumindest, da er ja selbst
auf diese Weise Finnisch gelernt hatte. Dank der Leitung und der Hilfe meiner Mutter hatte er ja richtig auf
Finnisch lesen und schreiben gelernt. Auf diesem Weg
wollte er also weitermachen. Damit machte er zwar nicht
genügend Geld, doch durch die Forschungsprojekte, an
denen er noch manchmal mitarbeitete, kam er mit seinem
Geld, wenn auch mehr schlecht als recht, immerhin meistens bis zum Monatsende aus. Ich glaube jedenfalls, dass
er nicht viel mehr brauchte. Mir jedenfalls, schickt er
nichts, außer seinen Briefen.

„Wie geht's, Sohn? Obwohl es hier im Haus nicht viel
gibt, bin ich immer noch hier. Wenn du irgendetwas
brauchst, sag mir Bescheid und ich werde versuchen, dir

im Rahmen meiner (geringen) Möglichkeiten zu helfen. Du weißt ja, dafür ist die Familie da..."

Es scheint, als hätte es sich in eine Notwendigkeit für ihn verwandelt, mir Briefe zu schreiben. Vielleicht, weil es das einzige ist, was er mir schicken kann. Im Dorf ist er nicht gut angesehen. Dazu dass er Ausländer ist, kommt noch, dass er nie seine kommunistische Denkweise versteckt hat und in einem Dorf nahe der ehemaligen sowjetischen Grenze, ist Kommunismus bis vor kurzem immer das Synonym für Gefahr und Feind gewesen. Darüber hinaus ist da noch der Skandal, der um den Tod meiner Mutter entstanden ist. Hass und Unverständnis haben sich über das ganze Dorf ausgebreitet und als ob es ein Lastwagen ohne Bremsen wäre, rollt dieser ganze Hass gnadenlos über meinen Vater hinweg. Ich beneide ihn nicht darum. Aber er sieht ganz klar, dass er dort bleiben muss. Ich, im Gegensatz dazu, nicht. Darum bin ich weggegangen.

„Bis bald, auf dass wir uns wiedersehen, Lebe wohl... Papa."

Obwohl ich hier ganz allein sitze und diese Geschichte sehr gut kenne, raubt sie mir doch, während ich sie erzähle, den Atem. Ich glaube das Wetter ändert sich, auf die schwüle Hitze folgen Regentropfen. Auch ich brauche jetzt Luft. Lassen wir den Monolog für heute. Wir werden wieder bessere Gelegenheiten haben...

**Bogotá,
Neugranada
28. September, 1796**

(Fortsetzung...)

Die Dinge sind jedenfalls nicht so verlaufen, wie ich es mir erhofft hatte und die Folge daraus ist, dass ich, fast ein Gefangener, offensichtlich verfolgt werde. Ich glaube, dass ich dir eine Erklärung der Tatsachen schulde, die mich hierher gebracht haben. Es ging ungefähr so.
Vor drei Jahren (diese verfluchte Unglückszahl...), als wir „Die Chemische Analyse Wolframs und die Untersuchung eines neuen Metalls nach der gleichen Komposition" veröffentlichten, veränderte sich mein Leben radikal. Zum Schlechten. Diese Forschung war der Schlüssel meiner Existenz und im gleichen Maße das, was Licht auf meinen frühen Tod werfen wird. Zuallererst will ich dir das Geheimnis hinter alledem erklären. Sodass du es weißt, sodass du es verwenden kannst und sodass auch unsere Organisation davon erfährt.
Nach Schweden geschickt zu werden, war an sich nicht unbedingt ein Verdienst oder ein Grund zur Freude. Es gab auch andere, die ausgewählt hätten werden können, aber am Ende war ich es, der die Ehre hatte, diese Mission durchzuführen. Wie du vielleicht schon vermutest hast, war der Hauptgrund meiner Reise, die Formel für die Stahllegierung herauszufinden, die das Metall länger kühl bleiben ließ und so militärisch von großem Nutzen war. Ich wollte der spanischen Flotte Kanonen ermöglichen, die so gut wie die Britischen sein sollten. Die Reise wurde direkt vom königlichen Hof bezahlt und mein di-

rekter Kontakt war Castejón, der Marineminister. Nach alledem wird dir nun deutlich werden, dass das was eigentlich nach einer simplen wissenschaftlichen Forschungsreise aussah, in Wirklichkeit die Merkmale einer militärstrategischen Spionage hatte.

Ich denke, dass ich dir das alles erzähle, wird dich nicht allzu sehr verwundern, da die Leute, die mir so nahe stehen wie du, trotz der Vorsichtsmaßnahmen, meine wahren Absichten sicher schon bemerkt haben.

Das zweite Bekenntnis allerdings, dass ich dir machen will, wird für dich sicher ziemlich neu sein: Ja, es stimmt, dass ich die Formel gefunden habe und die Methode, um die Produktion militärischen Stahls zu verbessern. Das ist genau das, was ich bis jetzt immer geleugnet habe. Warum? Das erkläre ich dir jetzt, und dabei müssen wir dem Faden der Geschichte ganz langsam und beständig folgen, um kein Detail zu vergessen.

Als ich von meiner wissenschaftlich-militärischen Mission zurückkehrte, musste ich dem Graf González de Castejón einen Bericht meiner Tätigkeiten ablegen. Ich wollte ihm nichts über meine tatsächlichen und grundlegenden Entdeckungen für die Kanonen erzählen und dafür nutzte ich die Aufzeichnungen, die ich bei den Untersuchungen im Laboratorium mit Professor Bergman gemacht hatte. Darin wird auf Schwedisch die Gewinnung von Wolfram erklärt. So lernte er das Thema des „schweren Steins" kennen. Bei der Verwendung der Methode Carl Wilhelm Scheels in den Kupferminen von Falun, schafften wir es beide, du und ich, im Laboratorium von Bergara Wolfram zu isolieren. Dieses wissenschaftliche Ereignis verdeckte die eigentliche militärische Entdeckung, die Verwendung Wolframs für die Herstellung von Waffen. Das war das, was der höchste Heereskommandant von Kastilien eigentlich gewollt hätte. Darum rief er mich zu einer Unterredung in einem kleinen Dörfchen in der Nähe von Simanca. Er wollte mir nicht glauben, dass ich die Formel der Legierung für die Produktion von Kanonen nicht gefunden hatte. Außerdem war er ernsthaft über den möglichen Beginn eines Krieges gegen die Armee des Vereinigten Königreiches besorgt. Darum gab er mir eine unaufschiebbare Frist, bis zu der ich ihm die schwedische Formel besorgen sollte. Das tat ich nicht. Darum bin ich hier, im Exil. Darum fürchte ich um mein Leben.

16. Juni, 2002

IT IS WORTH STATING AT THIS POINT THAT...

Einmal hier angekommen, muss ich Folgendes sagen: Diese Videoaufzeichnungen sind gleichzeitig ein Bekenntnis und ein Dokument, das das bisher Gesagte stützt und beweist.

„Obwohl alles, was ich sage, gegen mich verwendet werden kann, denke ich gar nicht daran, zu schweigen".

Mein Vater fand die alten Manuskripte also zu seiner Studienzeit in Uppsala. Sie waren unverständlich und so konnte man im Labor nichts mit ihnen anfangen. Er gab sie mir. Später als ich anfing Baskisch zu lernen, bemerkte ich, dass diese Schriften, in dieser Sprache gelesen, sehr wohl zu verstehen waren und ich fing an, eine lange Transkription auszuarbeiten. Da schon die Originalschrift an sich fast unlesbar war, musste ich die Briefe wieder neu anfertigen, die den Kern des Dokumentes darstellten. Es handelte sich um das, was Juan José Elhuyar seinem Bruder aus Amerika schrieb, bevor er starb. Nachdem ich mich mit der Geschichte bekannt gemacht hatte, um die es ging, erschienen mir die Briefe klar und überzeugend. Es wurde in ihnen der Prozess erklärt, wie Wolfram entdeckt wurde, eine Entdeckung, die es ermöglichte, die Ordnung des Periodensystems der chemischen Elemente zu beschleunigen. Entgegen dem, wie es auf den ersten Blick schien und entgegen der bekannten historischen Tatsachen, erklärten diese Dokumente allerdings weiter, dass dieser wissenschaftliche Vorgang nicht ein solcher war oder zumindest, dass er eine dunkle und bis zu jenem Zeitpunkt unbekannte Komponente hatte, die den ganzen Vorgang in ein Drama von Intrigen und Militärspionage verwickelte.

Es war ein sehr wertvolles Dokument. Erst recht im Baskenland. Im Übrigen ist es seltsam, dass es so wenige Referenzen in der spanischen Bibliographie zu den Elhuyar-Brüdern gibt. In der Enzyklopädie *Salvat*, die ich zur Hilfe nahm, tauchen die Elhuyar-Brüder nicht einmal auf… Ich könnte noch mehr Beispiele geben, aber das lohnt sich an dieser Stelle nicht.

In dem Manuskript, das mir mein Vater gab, erklärte Juan José Elhuyar seinem Bruder Fausto, dass er außer der Entdeckung Wolframs auch die Formel für die Stahllegierung herausgefunden hatte, die die Herstellung einer adäquaten Artillerie für den Krieg ermöglichte, den Kastilien gerade dabei war, gegen das Vereinigte Königreich in die Wege zu leiten. Der Hauptinhalt der Briefe bezog sich darauf, dass die Marine des spanischen Königreichs für die Kosten der Studien und Forschungen der Elhuyar-Brüder aufkam, um dieses festgesetzte wissenschaftliche Ziel zu erreichen. Aber Juan José übergab seinem Patron seine Entdeckungen nicht, weil er sich, wie es scheint, in einer antimonarchistischen Organisation engagierte. Diese Organisation ließ er an seinen Entdeckungen teilhaben. Darum ermordeten sie ihn in Bogotá als er zweiundvierzig Jahre alt war. Auf Befehl der Marine, obwohl es sicherlich nicht genügend Beweise gab, um das gründlich bestätigen zu können.

Als ich im Baskenland ankam, brachte ich die Briefe mit. Anfangs hatte ich keinerlei vorgefasste Meinung über sie. Genauso wenig dachte ich daran, sie zu verkaufen. Unter anderem hatte ich auch keine Ahnung von ihrem wahren Wert. Später erst erkannte ich, welchen Wert sie hatten.

Die Geschichte hat uns eine Menge unverständlicher Daten und Informationen hinterlassen, die uns, auf verschiedene Weise ausgelegt und aufeinander bezogen die Möglichkeit geben, absolut gegensätzliche Fakten miteinander zu vergleichen. Ein faszinierendes Beispiel sind die Gemeinsamkeiten zwischen Abraham Lincoln und John F. Kennedy:

Lincoln wurde 1846 in den Kongress gewählt und Kennedy 1946.
Lincoln wurde 1860 zum Präsidenten gewählt und Kennedy 1960.
Beide engagierten sich stark für die Menschenrechte.
Beide verloren ihre Kinder, als sie im Weißen Haus waren.
Beide starben an einem Freitag.
Beide durch einen Schuss in den Kopf.
Der Sekretär von Lincoln hieß Kennedy.
Der Sekretär von Kennedy hieß Lincoln.
Die Mörder von beiden kamen aus dem Süden.
Die Stellvertreter von beiden waren aus dem Süden, beide mit dem gleichen Namen: Johnson.
Der Stellvertreter von Lincoln, Andrew Johnson, wurde 1808 geboren.
Der Stellvertreter von Kennedy, Lindon Johnson wurde 1908 geboren.
Der Mörder von Lincoln, J.W. Booth, wurde 1839 geboren.
Der Mörder von Kennedy, L. H. Oswald, wurde 1939 geboren.
Die Buchstaben jeder der beiden Namen ergeben in der Summe fünfzehn.
Lincoln starb in einem Theater mit dem Namen Ford.

In einem Ford des Modells Lincoln starb Kennedy.

Booth als auch Oswald starben, bevor sie vor das Gericht gebracht wurden.

Eine Woche vor dem Tod:

Lincoln war in Monroe, Maryland und

Kennedy war bei Marilyn Monroe.

Die Geschichte der Elhuyar-Brüder weist keine solchen Daten auf, aber die Details überschneiden sich dennoch auf derart teuflische Weise, dass diese vorsätzliche Beziehung in etwas Anziehendes und Überraschendes verwandelt wird. Der Brief von Juan José könnte so etwas in der Art sein. Er könnte auch eine Zahl als Schlüssel haben: einen Preis.

Ich war damals, wie schon so oft in meinem Leben, nicht gerade mit einem großen Vermögen ausgestattet. Ich hatte kein Geld und wollte auch meinen Vater nicht darum bitten. Ich befand mich am Limit meiner finanziellen Mittel.

Das Geld, das wir von dem europäischen Austauschprogramm Erasmus bekommen, ist ein Hungerlohn. In meinem Fall waren es kaum mehr als 75 Euro pro Monat. Es ist ziemlich widersprüchlich, dass man von einem innerstaatlichen Austauschprogramm, wie beispielsweise *Seneca* (Nationales Austauschprogramm innerhalb Spaniens) mehr Unterstützung bekommt, als wenn man Universitäten an wesentlich weiter entfernten Orten des Kontinents besucht. Denn während die Beziehung zwischen den spanischen Universitäten mit 300 Euro pro Monat belohnt wird, so werden anscheinend die Anstrengungen für innereuropäische Beziehungen wenn schon nicht bestraft, doch zumindest erschwert. So ist es und so erzähle ich es den Leuten.

Meine Notwendigkeit Geld aufzutreiben, brachte mich soweit, dass ich mit dem Professor der Wissenschaftsphilosophie Xalba Dudagoitia über die Möglichkeit sprechen musste, die Briefe eventuell zu verkaufen (*so ist Xalba und du kannst mir glauben, alles was du noch über ihn hören wirst ist wahr*). In Wahrheit hatte ich all mein Vertrauen in Xalbador gesetzt (*Werd jetzt nicht rot, Xalba!*). Da er ein Bizkaino ist (also aus der westlichen Provinz des Baskenlandes *Bizkaia* stammt), war er der Meinung, dass sein Baskisch nicht besonders gut sei und er hatte tatsächlich Komplexe deswegen. Da er in der Mundart seines Dorfes sprach, hatte er natürlich dieses ungute Gefühl, nicht korrekt das vereinte Baskisch, also sozusagen „Hochbaskisch", zu verwenden. Er war nicht der Typ distanzierter Professor, sondern näherte sich uns auf eine für den Lehrkörper ungewöhnliche Weise an. Er war bescheiden und studentennah (*wirklich…*). Aufgrund der einen oder anderen Angelegenheit entwickelten wir eine tiefe Freundschaft. Wir beide waren alleinstehende Charaktere und wir beide ertränkten unsere Sorgen gerne im Alkohol. Ich glaube, dass Xalba dieses Hilfsmittel benutzte, um zumindest mit ein ganz klein wenig Ruhe und Sicherheit reden zu können, denn er war fürchterlich schüchtern. Zwar nicht immer, aber meistens wenn wir uns trafen, gingen wir ein paar Gläser Wein trinken und das war genug, um zwischen uns eine Beziehung aufrecht zu erhalten, die recht nahe an Brüderlichkeit herankam. In einem dieser Treffen erzählte ich ihm von den Briefen. Zuerst wollte er nichts dazu sagen, später aber sagte er mir eines Tages:

„Da muss es doch einen Ausweg geben…"

Ich erzählte ihm alles was ich über das Thema des Briefwechsels zwischen den Elhuyar-Brüdern und dessen Wert wusste und machte ihm außerdem einige Kopien, sodass er vielleicht noch andere wertvolle Details finden könnte. Er war sehr überrascht, aber obwohl er nur ein einfacher Lehrender war, noch ohne großes Gewicht im universitären Kader, riet er mir, am besten gleich mit dem Direktor des Fachbereichs zu sprechen, um zu sehen, ob man irgendetwas erreichen könnte.

Xalba hatte keine feste Stelle an der Uni. Wie viele andere Professoren befand er sich in einer Situation der Ungewissheit, heißt, er musste fast jährlich seinen Vertrag erneuern lassen. Er war eigentlich nur die Vertretung eines Dozenten, der vermutlich von der ETA bedroht wurde. Dieser Dozent gab zwar keinen Unterricht, bekam aber monatlich weiterhin seinen Lohn und war offiziell im Besitz seiner Arbeitsstelle. Manchmal erschien er, begleitet von seinen Sicherheitsleuten in der Universität, um sich mit den bürokratischen Aufgaben der Fakultätsleitung zu beschäftigen, von der ihn seine spezielle Situation nicht befreit hatte.

„Die Verantwortung in diesem Bereich sollte niemals vergessen werden..."

Trotzdem schien es nicht in seiner Verantwortung zu liegen, Unterricht zu geben.

Auf Xalbas Rat hin, wandte ich mich also an ihn. Die Komplexe meines Freundes machten ihn glauben, dass ein „richtiger" Dozent den Wert der historischen Ware verstehen könne, die ich feilbot und daher bat ich um einen Termin, um mit dem Fakultätsleiter sprechen zu können.

Vielleicht muss ich hier ganz klassisch sagen: „Der, dessen Name ich hier nicht nennen will", aber um sich eine Idee des Typs Mensch zu machen, der er war, reicht die Beschreibung aus: ein kompletter Trottel. Nachdem ich an der Kontrolle seiner Leibwächter vorbeigekommen war und in sein Büro trat, hatte ich kaum noch Zeit zu sprechen. Er sprach nur. Und er sprach nur von sich.

„Wir leben in einer Diktatur..."

Verfluchter Egozentriker. Als ich endlich, einen kurzen Moment der Stille in seinem Redeschwall ausnutzend, das Thema der Elhuyar-Brüder erklären konnte, die Briefe zwischen ihnen und die dokumentarischen Folgen, die die Analyse der Texte mit sich bringen könnte, zeigte er nicht das geringste Interesse. Er hörte in seinem Monolog nicht auf, zu wiederholen, dass die Gewalt der Verfolgung im Baskenland die Konsequenz eines terroristisch-nationalistischen Paktes war, der jedweden Fortschritt, auch im Bereich der Wissenschaftsgeschichte, abhielt.

„Das Recht auf Leben ist eine conditio sine qua non (notwendige Bedingung) für das Denken. Solange es an dieser Universität eine solche Bedrohung gibt, hieße es die Augen vor der harten Realität zu schließen, wenn man sich hier der Wissenschaftsgeschichte widmen würde. Man würde zum Kollaborateur des Nationalterrorismus..."

Vielleicht schlug er mir deshalb vor, mich mit einem Freund von ihm zu treffen, der in der obersten Behörde der wissenschaftlichen Forschung in Madrid arbeitete. Nach seiner Meinung gab es in einem „hypernationalistischen" Baskenland nicht die geringste Möglichkeit, die Dokumente zu untersuchen, die ich besaß.

Überrascht und zugleich enttäuscht, traf ich mich wieder mit Xalba, wie immer unter dem Vorwand und Schutz einiger Gläser Wein. Da er seinen Chef schon ausreichend kannte, überraschte es ihn zwar nicht so sehr wie mich, aber aufgrund der Melancholie, die ihn umgab und die ja sein herausragender Wesenszug war, fühlte er sich noch enttäuschter und verlorener als ich mich selbst fühlte.

„Es gibt wohl keine andere Möglichkeit. Dann lassen wir es eben einfach."

Aber diese seelisch bedingte Reaktion wäre sowieso eine Eigenart Xalbas gewesen, ganz egal ob die Einstellung seines Chefs eine ganz andere gewesen wäre. So war Xalba nun mal. Und dafür schätzte ich ihn. Wie man weiß, vergeht die Zeit mit guten Freunden nicht, und ihre Hilfe bemerkt man nicht.

Ich war aber nicht wie Xalba. Ich wollte nicht so sein wie er. *(Bitte ärgere dich nicht darüber...)*

Seine Komplexe in Sachen Sprache, dieser versteckte Selbsthass, ich dachte, ich könnte, aufgrund der neuerlichen sprachlichen Standardisierung in unserem Skandinavien, diese Geschichte gut verstehen.

„In Norwegen haben sie immer noch zwei verschiedene offizielle Standardvarianten des Norwegischen, und Finnisch, zum Beispiel, ist nur das Resultat der Zusammenfassung des mündlichen Sprachschatzes in Finnland. In beiden Fällen ist es die Populärsprache gewesen, die das fundamentale Element war, um eine literarische Sprache erschaffen zu können."

Er fand, dass mein Baskisch besser war als seins und das dachte er nicht nur, das erwähnte er auch immer wieder. Erstaunlich. Obwohl er in einem Dorf geboren und aufgewachsen war, das feste Wurzeln im Baskischen hatte, wo der Gebrauch dieser Sprache etwas Normales und Natürliches auf den Straßen als auch in familiären Beziehungen war, so war dieses, von klein auf gelernte Baskisch, für ihn, im Vergleich zu dem anderen Baskisch, nicht genug. Ich hatte diese Sprache Dank meiner Studien der Texte Axulars und auf die Empfehlungen der *Euskaltzaindia* (die königliche Akademie der baskischen

Sprache) hin, auf ziemlich künstliche Art und Weise lernen können.

Als er sich einmal traute, in einem Kurs für Lehrende, dem der Akademiker Ibon Sarasolo beiwohnte, die Geschichte der Einigung der norwegischen Sprache zu erklären - ich weiß nicht wie, da ich ihm das erklärt hatte - da entgegnete ihm dieser, dass Norwegisch nicht mehr ist, als eine Erfindung des Sprachforschers Ivar Aasen, der zudem nicht einmal Scharfsinn besaß. Der arme Xalba senkte den Kopf und traute sich danach keine einzige Frage mehr zu stellen.

„Das tut hier überhaupt nichts zur Sache... Außerdem hat dieses angebliche Populärnorwegisch außer in Aasens Vorstellung niemals richtig existiert."

Xalba schämte sich so sehr für seine Zwischenbemerkung und für die Antwort die er darauf bekam, dass er nah daran war, den Kurs fluchtartig zu verlassen. Ich sagte ihm, er solle das nicht tun, man könne das Gleiche von der Geschichte der Einigung der baskischen Sprache sagen. Das heißt: In wessen Vorstellung ist das geeinigte Baskisch entstanden? Und dieses geeinigte Baskisch, sollte es nur schriftlich verwendet werden oder sollte sich dessen Verwendung auch auf andere Bereiche der sozialen Realität ausbreiten? Ich bestand auf den natürlichen und eigenen Wert der baskischen Variante, die er benutzte, aber er wollte mir nicht glauben. Xalba verteidigte das geeinigte Baskisch gegenüber seiner eigenen baskischen Sprache und schämte sich für die Sprache, für den Dialekt, den er mit der Muttermilch aufgesogen hatte.

„Aber es ist nicht nur das Beispiel des Norwegischen... In Finnland mussten sie von der Kalevala ausgehen, um ihren Vorschlag einer Standardisierung realisieren zu können. Das heißt, dass sie sich für ihre sprachliche Einigung lieber auf die mündliche Literatur und auf Volksweisen stützten, als auf die schriftliche Produktion. Der Entwurf des sprachlichen Standards kann den natürlichen Sprachen nicht entgegenstehen und der Weg, den das Baskenland eingeschlagen hat, ist nicht die einzige Referenz weltweit. Es gibt auch andere Wege."

Besserwisserisch erinnerte ich ihn daran, dass es in Finnland immer noch einen Radiosender gibt, der in der ganzen Welt Sendungen auf Latein ausstrahlt und dass ich, Dank des Lateinischen, anfing, Axular zu verstehen und ich dadurch auch anfing, Baskisch zu verstehen. Die Welt ist kompliziert.

Ich versuchte ihm klar zu machen, dass Sprachen leben, weil sie vom Volk gesprochen werden. Die Akademien können einer Sprache zwar Glanz verleihen, aber sie werden ihr niemals Leben einhauchen. Es ist die Verwendung der Sprache, wer sie verschmutzt und verschleißt, aber im gleichen Maß auch wer sie am Leben erhält. Das Beispiel des Prozesses der Wiederbelebung des modernen Griechisch ist offensichtlich. Das sogenannte Reine Griechisch (Katharevousa) wurde vom Sprachforscher A. Korais vorgeschlagen und war während mehr als vierzig Jahren die einzige offizielle und gültige Variante, die von der griechischen Verfassung zugelassen wurde (Art. 107 der Verfassung von 1911), bis das "Populärgriechisch", das Ioannis Psycharis verteidigte, es ab 1977 verdrängte. Die Literaturnobelpreisträger Seferis (1963) und Elytis (1979) schrieben in der volkssprachlichen Form *Dimotiki* und die politische Option für eine aristokratische Variante der griechischen Sprache wurde zurückgewiesen, indem das Volk die Sprache einfach so gut wie gar nicht benutzte.

Wie ich jedenfalls schon vorher gesagt habe, Xalba glaubte all diesen Geschichten und blieb bei seiner negativen Einstellung (*du musst zugeben, dass es so war... sag jetzt nicht, dass es anders war).* Mein Freund war wirklich ein Sturkopf und es war fast unmöglich ihn von etwas zu überzeugen. Doch das war nicht der Grund warum ich irgendwann aufhörte, es zu versuchen. Ich habe, wie es vielen Finnen nachgesagt wird, auch viel Ausdauer.

Vor langer Zeit kam ich auf den Geschmack zu joggen, vor allem lange Distanzen gefielen mir. In Finnland waren Marathonläufer fast so angesehen wie Helden. Ich erinnere mich an Paavo, Nurmi, Ville Ritola, Albin Stenros, Hannes Kolehmainen... und all die anderen, deren Namen schon in der finnischen Marathongeschichte verewigt sind. Ich möchte nicht über den berühmten Marathon in Helsinki 1952 sprechen (ja, den, den Zatopec gewann), auch nicht über den von 1920, den Kolehmainen in Amberes gewann und auch nicht von der Demonstration der finnischen Stärke in Paris 1924, sondern vom Marathon in Stockholm 1912. Was für ein Marathon! Der Eindrucksvollste aller Zeiten! Und darauf beharre ich, ebenso wie ich darauf beharre, kein Finne zu sein.

Meine Mutter erzog mich mit Härte und vielleicht habe ich deshalb gelernt, mich an Situationen zu erfreuen, die zugleich Kampf und Leid bedeuten. Daher blieb mir dieser legendäre Marathon im Kopf hängen, in dem Tatu Kolehmainen, Hannes' Bruder, diesen erinnerungswürdigen Lauf zu Stande brachte. Es gibt mehr als nur einen Grund, der Stockholm für mich hervorhebt und Kolehmainen ist nicht einmal unbedingt einer dieser Gründe. Einerseits war es der Portugiese Francisco Lázaro, der im Stil der Schwimmer die Idee hatte, der schlechten Witterung zu trotzen, indem er seinen ganzen Körper mit Öl einschmierte, was ihm den Tod brachte.

Andererseits ist da der Fall des Japaners Shizo Kanaguri, der so erschöpft war, dass er sich nach dreißig Kilometern entschied, sich eine kleine Verschnaufpause in einem der Häuser der Wettlaufstrecke zu gönnen, wo er einschlief und erst am nächsten Tag ebendort erwachte. Ohne den Organisatoren oder den Repräsentanten seiner Delegation irgendetwas zu sagen, trat er den Heimweg an und ging seiner gewöhnlichen Arbeit nach. Die Zeit verging und als er den Ruhestand erreichte, kehrte er nach Stockholm zurück, fünfundvierzig Jahre später. Mit sechsundsiebzig Jahren beendete er den Lauf von dem Ort aus, den er 1912 verlassen hatte. Herr Kanaguri benötigte für seinen Lauf fünfundvierzig Jahre, acht Monate, zweiundzwanzig Minuten, zwanzig Sekunden und drei Zehntelsekunden... Er ist mein Vorbild.

Das baskische Modell andererseits ähnelt eher dem des Portugiesen Francisco Lázaro: Sterben bei dem Versuch. Ich lernte das baskische Volk durch die *Historia Vasca del mundo* (die baskische Geschichte der Welt), von Mark Kurlanski kennen, von dem ich auch die *Historia del bacalao* (die Geschichte des Kabeljaus - die Biografie des Fischs, der die Welt veränderte) las und fing an, mich für die Basken zu interessieren. In diesem Buch fand ich verschiedene Parallelen zwischen den skandinavischen Völkern und den Basken. Kurlanski greift in seiner *Historia Vasca* das berühmte Gedicht von Gabriel Aresti *Defenderé la casa de mi padre*[8] auf, das ihn tief beeindruckte. Darin werden auf exzellente Weise die Eigenschaften der baskischen Seele beschrieben. Er sagt:

---

[8] Siehe Fußnote 1, S. 17

Meines Vaters Haus
werde ich verteidigen.
Gegen Wölfe,
gegen Trockenheit,
gegen Wucher,
gegen die Justiz
werde ich
meines Vaters Haus
verteidigen.
Das Vieh
die Weiden,
die Kiefernhaine
werde ich verlieren;
die Zinsen,
die Renten,
die Erträge
werde ich verlieren,
aber meines Vaters Haus werde ich verteidigen.
Sie werden mir die Waffen nehmen,
und mit den Händen werde ich
meines Vaters Haus
verteidigen;
sie werden mir die Hände abhacken,
und mit den Armen werde ich
meines Vaters Haus
verteidigen;
der Arme,
der Schultern,
der Brust
werden sie mich berauben,
und mit der Seele werde ich
meines Vaters Haus
verteidigen.
Ich werde sterben,

meine Seele wird dahingehen,
meine Sippe wird dahingehen,
aber meines Vaters Haus
wird überleben.

Meines Vaters Haus
(Übersetzung aus dem Baskischen
von Gabriele Schwab)

Dieser rabiate Rechtsanspruch, von dem Aresti hier spricht, ist keine Ausnahme. Da ich jetzt im Baskenland lebe, konnte ich die Geschichte von Blas de Lezo kennenlernen, ein weiteres Beispiel dieser unzähmbaren baskischen Seele.

Als jener aus Pasaia (Dorf in Gipuzkoa) stammende Soldat noch nicht einmal fünfzehn Jahre alt war, verlor er in seiner ersten Seeschlacht sein linkes Bein. Im Alter von achtzehn Jahren verlor er, auch im Kampf, sein linkes Auge. Bei der Belagerung von Barcelona verlor er seinen rechten Arm. Trotz seines so übel zu gerichteten und lädierten Körpers, verfolgte er weiterhin ununterbrochen die Piraten des Pazifiks... Es kann gut sein, dass das die Auswirkung der Seefahrerkultur ist. Darin haben die Skandinavier, die Basken als auch die Portugiesen ähnliche Eigenschaften. Obwohl es auch sein kann, dass die Portugiesen als auch die Basken gerade so gute Seefahrer waren, weil sie auf dem Land mit den Spaniern rechnen und zwischen den Gefahren wählen mussten. Die schrecklichen Ozeane schienen angesichts der Größe dieses Nachbarn vielleicht nicht ganz so beängstigend. Ich bin allerdings nur ein bescheidener Same und mein Vorbild ist das des Japaners, obwohl ich die mutigen Seefahrer bewundere und, auf meine Weise, gerne ein Baske wäre.

Nach der Tragödie meiner Mutter, dachte ich zwar nicht, dass das ein Grund sei, sich das Leben zu nehmen, aber natürlich war es ein Schock, eine Zäsur. Ich bin der Meinung, dass man nichts auf halbem Wege bleiben lassen sollte. Das, was man anfängt, soll man auch zu Ende bringen, das ist meine bescheidene Meinung.

Als ich 1993 anfing, Baskisch zu lernen, hatte ich die Möglichkeit, nach Helsinki zu gehen. Dort sah ich Martín Fiz mit der spanischen Flagge in der einen Hand und der Ikurriña (die baskische Flagge) in der anderen Hand, den Marathon gewinnen. Als ich mich ihm näherte, mit dem guten Gedanken, ihm in seiner Sprache zu gratulieren, sagte er, dass er mich nicht verstünde. Er konnte kein Baskisch und hatte auch keine Zeit gehabt, es zu lernen. Ich verstand, was er mir sagte, obwohl ich es vorgezogen hätte, es nicht zu verstehen.

„Dass ein Baske mit der spanischen Fahne so glücklich aussehen kann..."

Mit den Briefen passierte mir etwas Ähnliches. Wenn sie schon für mich einen unzweifelhaften Wert hatten, so hatte ich Bedenken über den Gebrauch, den man davon machen konnte. Zusammenfassend dachte ich einerseits - Warum sollte ich es leugnen? Ich brauchte Geld, um im Baskenland bleiben zu können. Auf der anderen Seite, und daran bestand kein Zweifel, konnten die Briefe nicht nur kostbar für die Geschichte und Geschichtsbildung des Baskenlandes selbst sein, sondern für die Wissenschaftsforscher weltweit, denn ich zumindest dachte, dass sie einen neuen Blickwinkel auf die Entdeckung Wolframs eröffneten.

„Diese Zeilen sind nicht nur *Dokumente,* es sind auch *Monumente.* Etwas von derartiger Wichtigkeit und Größe findet man wohl nur einmal in seinem Leben."

Unter diesen schwierigen Umständen, so wie in anderen Momenten von vergleichbarer Problematik, kam mir nichts anderes in den Sinn, als meinen Vater um Hilfe zu beten. Da ich immer ein sehr enge Beziehung und starke Zuneigung zu meiner Mutter hatte, hatte ich nie eine normale Beziehung zu meinem Vater aufgebaut. Meine Mutter war tatsächlich äußerst romantisch, als auch sensibel und daher erzog sie mich sehr eng an ihrer Seite. Wenn sie mit mir Samisch redete - und in Joensuu gab es wirklich nur wenige Samen, die ihre Sprache redeten - entwarf sie in den Niederungen von Karelien eine kleine Welt, kryptisch und verschlossen, für uns beide. Mit meinem Vater sprach sie andererseits finnisch. Die Vaterfigur erschien mir kalt und fern. Zudem war er für mich im Haus immer der distanzierte Mann der Wissenschaft.

Der Tod meiner Mutter veränderte meinen Vater. Man könnte nicht direkt sagen, dass er dadurch kraftloser wurde, aber der Hass, den diese Tatsache erzeugte, machte ihn nicht härter, sondern vielmehr erweichte er ihn, machte ihn lieblicher.

Als er mitbekam, dass ich, um im Baskenland bleiben zu können, die Briefe, die er mir gegeben hatte, verkaufen wollte, wurde er nicht wütend, sondern bat mir seine kostbare Hilfe an.

Wie es scheint, hatte er, als relativ bekannter Physiker auf internationalem Niveau, Kontakt mit einem baskischen Physiker, der auch in diesen Bereichen arbeitete. Ich werde seinen Namen nicht erwähnen, denn dieser Freund meines Vaters hat sich sehr gut um mich gekümmert und ich möchte nicht, dass das, was danach geschah, sein Bild auf irgendeine Weise trübt. Zumal ihm auch, ebenso wie mir, Langstreckenläufe gefallen, hoffe ich, ihn bei irgendeinem Ereignis einmal zu treffen und dann nicht das Problem zu haben, mich für irgendetwas entschuldigen zu müssen.

„Wenn du willst, können wir uns mal zum Laufen verabreden, oder etwas trinken gehen, wie du willst... und grüß deinen Vater."

Er gab mir den Kontakt eines nationalistischen Beamten, der für die Regionalregierung im Bereich Kultur arbeitete. Mit dem sollte ich reden. Er war die Brücke, die den Weg zu dem, was danach passieren sollte, ebnen würde. Und obwohl alles anders ablief als gedacht, so hatte der Freund meines Vaters keinerlei Schuld daran. Aber es wird besser sein, wenn wir noch nicht zu viele Kenntnisse vorgreifen. Mir dröhnt der Kopf. Vielleicht aufgrund des Wetterwechsels. Ich werde die Videokamera abschalten und das Protokoll dessen, was sich später ereignete, für später aufheben.

Bogotá
Neugranada,
28. September, 1796

(Fortsetzung...)

Die Organisation weiß all das offensichtlich schon. Sie weiß auch, wie man Kanonen herstellt, die sich beim Abfeuern nicht erhitzen, aber das wird mir nun auch nicht mehr das Leben retten. Außerdem, hat der verfluchte Eguía, den wir für einen von uns gehalten haben, alles dem König erzählt. Verdammter Betrüger! Sie können mir keinen öffentlichen Prozess machen. Ich weiß zu viel. Ich weiß auch, dass meinem Leben nicht mehr viel bis zum Ende bleibt. Ohne Zeit zu verlieren will ich dir nun also schnell das auftragen, was du von jetzt an tun musst.

Du wirst die Informationen, die du brauchst von María Josefa Bastida, meiner Frau, erhalten. Genau heute wird sie mit diesem Brief nach Mexiko aufbrechen. Sie kennt den Inhalt des Briefes nicht. Ich für meinen Teil, wie du genau weißt, kann mich nicht von hier fortbewegen. Mit jedem Schritt treffe ich auf zu viele Verdächtige. Ich bin von Feinden umzingelt.

Du wirst kein Problem damit haben, Kontakt mit der Organisation aufzubauen. Sie werden sich dir annähern, aber, und das ist wirklich wichtig, täusche weiterhin vor, du wüsstest von nichts und ändere unter keinen Umständen deinen Alltag oder dein Verhalten. Dies wird dein Geheimnis sein, Fausto…

Ich glaube freilich, dass dir all das ziemlich leicht fallen wird, da niemand vermutet, dass du ein Mitglied unserer

Organisation sein könntest und ich hoffe, dass kein Feind das herausfindet, wenn du es dann bist.

Es scheint, als hätte in Mexiko die Revolte gegen den König schon angefangen. Der Kampf gegen die Monarchie und gegen das alte Regime wird von dort sicher auch bis zur Iberischen Halbinsel vordringen. Wenn es soweit sein sollte, setze dich mit dem Verband der Waffenschmiede von Placencia in Verbindung. Das ist alles, was du tun musst. Alles weitere wird sich von ganz allein fügen. Während alledem, mach so weiter wie bisher, und wenn du kannst, erinnere dich an mich und weine. Noch keine dreiundvierzig Jahre alt, jung und gesund, aber am Ende meiner Tage...

Für immer dein,

Juan José

Der Pakt mit Mephisto

Ja! Sie sind´s, die dunkeln Linden,
Dort in ihres Alters Kraft.
Und ich soll sie wiederfinden,
Nach so langer Wanderschaft!

Der Anfang des fünften Aktes von *Faust*

Es wird bald der Moment kommen, „Pobre de mí" zu singen. Diese Sanfermines haben mein Leben verändert. Die Hitze, der Trubel und immer ganz eng an meiner Seite, mein Freund Xalba, wie ein stiller Zeuge.
Eben diesem Xalba möchte ich diese Videoaufzeichnungen , die ich soeben aufnehme, vermachen (*ganz ruhig Xalba... ich bin schon fast am Ende der Aufnahme...*).
Nun, da der Rest der Leute, die sich hier mit mir die Wohnung teilen, schläft, werde ich den Moment nutzen, um die letzten Figuren dieser Geschichte einzuführen.
Ich habe mich entschieden nach Lappland zurückzukehren. Und ich sage zurückkehren, obwohl ich dort noch nie gewesen bin. Sowohl meine Mutter als auch ihre Großeltern wuchsen von Geburt an mit der Sprache und der Kultur ihrer Vorfahren auf. Ich hatte ehrlich gesagt nie die Möglichkeit in dieser Gegend, die das Nordkap umspannt, zu leben. Jetzt werde ich mich dorthin auf den Weg machen.
Als ich diese Etappe meines Lebens im Januar begann, hätte ich sicher nicht gedacht, dass ich je zu dieser

127

Entscheidung kommen würde. Ganz im Gegenteil, als ich im Baskenland ankam, war mein Wunsch für immer hier zu bleiben. Ich wollte mein Leben verändern und das Baskenland bot mir eine echte Veränderung an. Anders gesagt, ich wollte Baske werden und ich war tatsächlich willig alles zu tun, um das zu erreichen, was schon von Anfang an mein Wunsch gewesen war.

Zu jener Zeit hatte sich das Baskenland für mich in eine Art Modell kollektiven Lebens entwickelt. Darin fand ich alles, was in meinem Ursprungsland so dürftig schien. Die Straße, die direkten Beziehungen, die politische Leidenschaft und das Gefühl zu einem Ort dazuzugehören und wirklich verwurzelt zu sein.

Zusammenfassend also all das, was einem trotz der ständig drückenden Einsamkeit im Leben, das Gefühl gibt, niemals allein zu sein. Denn in unserem Land siegt meistens die Einsamkeit, vor allem in den langen Januarnächten, wie jene, in denen ich im Baskenland ankam.

Deshalb entschied ich mich, wenn ich denn die Möglichkeit dazu hätte, hierzubleiben. Die Möglichkeiten waren minimal. Ich hatte weder Geld, noch kannte ich irgendjemanden. Meine Pläne waren nur eine Entelechie. Daher dachte ich daran, den Briefwechsel der Elhuyar-Brüder zu verkaufen, um wenigstens ein paar finanzielle Mittel zu haben, um bleiben zu können. Das war allerdings weniger eine Hilfe als vielmehr der Ausgangspunkt meines Falls in einen Abgrund, dessen Tiefe ich nicht kannte. Wer eines Tages diese Videobänder sehen und hören kann und auch die Briefe kennt, auf die ich mich beziehe (oder besser gesagt, deren Kopien) wird verstehen, was ich meine.

Die Briefe soll man nicht verstecken, es waren Dokumente von großer Wichtigkeit für die Geschichtswissenschaft des Baskenlandes. Juan José erklärt seinem Bruder

Fausto in den Briefen klar und deutlich, dass die Entdeckung des Elements Wolfram nicht das Resultat einer Forschung war, die auf den charakteristischen Methoden einer neutralen Wissenschaft beruhte, sondern die unerwartete Konsequenz eines geheimen Spionage-Labors der königlichen, spanischen Kriegsmarine. Die freimaurerische Antimonarchie bereitete die Entstehung des berühmten königlichen Seminars von Bergara vor, das als Schutzmantel diente, die Absichten dieser Spionage zu verheimlichen. Entgegen dem, was normalerweise über dieses Thema und dessen Folgen für die Bildungsschicht im Baskenland ans Licht kam, war die Aufklärung nicht das Resultat einer Reihe weiser Philanthropen, die forschten und sich zur Vernunft bekannten, sondern die Folge und Synthese einer Serie von Interessen, die das alte Regime zu Fall brachten.

Auf Baskisch wurde nicht besonders viel über die Bedeutung von Wolfram im modernen Krieg geschrieben. Aber in der galicisch-portugiesischen Sprache war es wiederholt ein literarisches Thema. Da haben wir die Romane, die Xoxe Neira Vilas aus seinem kubanischen Exil schickte, in denen der Schmuggel von Wolfram zwischen der portugiesischen und galicischen Grenze immer wieder vorkommt. Ich selbst interessierte mich für dieses Thema aufgrund des Romans *A Small Death in Lisboa* von Robert Wilson, der vor kurzem ins Spanische übersetzt wurde. In diesem Roman ist die Spannung der Handlung nicht zu verstehen, ohne die militärische Wichtigkeit dieses Metalls zu kennen.

Daher antwortete die Real Sociedad Vascongada de Amigos del País (königliche baskische Gesellschaft der Freunde des Landes) diesem aufgeklärten als auch „interessierten" Milieu. Diese kulturelle Bewegung, die eine Grundlage der Geschichte der Modernisierung des

Baskenlandes bildete, war gekennzeichnet durch schändliche Beziehungen. Der Briefverkehr zwischen den Elhuyar-Brüdern bestätigt das. Mehr noch als nur ein Dokument, so würde ich sagen, sind die Briefe eine unumgängliche Referenz für die Geschichte der baskischen Kultur. Ausgehend von diesen Daten, gab es viele Wege der Forschung und der Prüfung, um auf diesem Wissensgebiet weiter vorankommen zu können. Für jene, die sich in die Geschichte vertiefen wollten, waren sie ein Schatz. Mein Schatz.

Wie ich schon vorher erklärt habe, war es mein Vater, der mir mittels eines befreundeten Physikers, den er auf irgendeinem entfernten Kongress kennengelernt hatte, den Kontakt zu der Diputacion Foral de Gipuzkoa (die Delegiertenversammlung der baskischen Provinz Gipuzkoa) vermittelte, sodass ich im Hinblick auf den Handel, der mir vorschwebte, meine Schäfchen ins Trockene bringen konnte. So stieß ich auf Ignatius. Dieser verfluchte Betrüger!

Niemand soll jetzt denken, dass ich mir den Namen ausdenke um etwas zu vertuschen. Es handelt sich hier nicht um irgendeinen Geheimcode. Bei anderen Fakten und Figuren, die diese Geschichte ausmachen, wollte ich nicht die echten Namen verwenden. Viele von denen, auf die ich mich in diesem Bericht bezogen habe, werden für immer anonym bleiben, aber nicht jener Ignatius.

Man könnte sagen, dass er zugleich ein klassischer baskischer Geno- und zugleich Phänotyp war (Ob er das noch ist?), groß und elegant. Ich glaube, er hatte gute Kenntnisse und vielleicht auch einen Titel im Bereich der Chemie. Daher interessierte er sich mit wachsendem Eifer und mit einigem Enthusiasmus für das Thema, das ich ihm unterbreitete. Er trug immer einen grauen Anzug, der aussah wie frisch gebügelt, und er hatte etwas

Verrücktes in seinem Blick, etwas Wildes und Aufgewühltes. Aber von Anfang an, kam er mir bei der Abmachung sehr entgegen, auch wenn ich immer etwas mit seiner Aussprache haderte und Schwierigkeiten hatte, ihn zu verstehen.

Er vokalisierte praktisch kein einziges Wort und ich musste all meine Aufmerksamkeit aufbringen, um das zu verstehen, was ein intellektueller und zugleich freundschaftlicher Diskurs seinerseits sein sollte. Für ihn war es wichtig, seinen Namen auf klassische Weise zu schreiben: Ignatius, da die Real Academia de la Lengua Vasca (die königliche Akademie der baskischen Sprache), wie er gern erklärte, vom Gebrauch des Buchstaben ñ abriet. Es wird nicht nötig sein, daran zu erinnern, dass die wesentliche Referenz dieses Namens wohl Iñigo López de Oñaz y Loyola war, und dieser Name durchaus nicht vom wiederholten Gebrauch des Buchstaben ñ befreit ist, wie man sieht.

Man kann sagen, er war das Gegenteil von mir, in allem (vielleicht war er ja genauso wie ich, aber eben das Positiv dazu...). Ich kümmere mich überhaupt nicht um meine Kleidung. Kombiniert mit meinen gewöhnlichen Jeans ziehe ich je nach Jahreszeit alles Mögliche an. Wenn ich unterwegs bin, gehe ich gerne zu den Läden der Heilsarmee um mich mit Second-Hand-Klamotten einzudecken, aber hier im Baskenland sind es die Geschäfte recycelter Kleidung im Stile von Emaús, die den Hauptteil meines Äußeren ausmachen. Ich schaue mir weder die Farbe noch die Form der Kleidung an, die ich trage. Mir genügt die Bequemlichkeit. Ich bügele nicht und habe auch keine elegante Gestalt. Mich interessiert weder Schönheit noch Mode.

Bei dem ersten Besuch gab ich ihm noch nicht die echten Briefe. Zuerst zeigte ich ihm nur einige Kopien...

„Hier haben Sie die Dokumente, von denen ich Ihnen erzählt habe..."

Er hörte mir mit unverhohlener Aufmerksamkeit zu und machte mir von Anfang an bewusst, dass ihn die Geschichte nicht interessierte, bevor er die Dokumente, auf die ich mich bezog, nicht aus erster Hand gesehen hatte. Er wollte nicht über Hypothesen oder mögliche Fälschungen reden und erst recht nicht verhandeln.

„Obwohl es Urkunden sind, die durchaus meine Neugier anregen, so könnte es sich genauso um etwas Apokryphes handeln, ohne dokumentarischen Wert..."

Es schien als kannte er die historischen Grundlagen, von denen die Briefe handelten, aber meinte, es könne sich um eine einfache Finte handeln, um das Schaffen und den historischen Nachlass der Elhuyar-Brüder in den Dreck zu ziehen.

„Es scheinen keine vertrauenswürdigen Unterlagen zu sein…"

„Ich verfüge auch über die Originale."

Und ich erzählte ihm, wie und wo mein Vater sie gefunden hatte.

„Mein Wunsch wäre, dass sie für immer im Baskenland bleiben würden. Auf jeden Fall ist es doch ein Teil der Geschichte dieses Landes."

Wenn das, was danach passierte, nicht passiert wäre, so hätte ich gedacht, dass er sich freute, das zu hören. Inzwischen weiß ich, dass es nicht so war, er freute sich nicht. Doch in diesem Moment hätte ich schwören können, dass ihn meine Worte im Grunde seines Herzens berührten.

„Für uns ist es zugleich ein Grund stolz und verwundert darüber zu sein, dass Sie eine solche Entscheidung treffen."

Er sagte mir außerdem, dass er ich über hervorragende Baskischkenntnisse verfüge und gratulierte mir zu meiner Einstellung zu seiner Muttersprache. Er hob hervor, dass dies eine Übung sei, die viele Einheimische noch lernen müssten. Ich für meinen Teil, da ich ja vorhatte im Baskenland zu bleiben, sagte ihm, dass es sich nur um eine Kohärenz mit meinem sozialen Umfeld hier handelte, aber dass ich mich gleichzeitig in der Notwendigkeit sah, eine angemessene Entschädigung für die Dokumente zu bekommen.

„Ich denke nicht, dass Geld ein Problem sein wird...“

Offensichtlich besaß die Delegiertenversammlung einen speziellen Haushaltsposten, um kulturelles Erbe zu erwerben. Dieses Vermögen sollte ausreichen, mir das Vereinbarte zu zahlen.

Es begann ein milder Regen, der mit leichten Unterbrechungen alles mit lauer Feuchtigkeit benetzte. Wir befanden uns im Juli. Ich war zufrieden mit dem Verhandelten und trat wieder hinaus auf die Straßen Donostias in diesen trügerischen Sommer.

Unser zweites Treffen verlief ähnlich, und obwohl wir uns ja schon kannten, gingen wir sogleich wieder in das Thema über.

"Wie viel wollen Sie für die Briefe haben?"

Genauso wie Ignatius es mir von Anfang an erklärt hatte, war Geld tatsächlich nicht das Problem und er gab mir ohne Scheck oder Banktransfer den Betrag bar auf die Hand, den ich gefordert hatte. Als er die Briefe an sich nahm, ließ sein Erstaunen nicht nach.

„Welch antikes Papier! Welch herrliche Kaligraphie!“

Mit diesem Material war es möglich, neue Wege in der Forschung zu erschließen. Die Delegiertenversammlung war dazu bereit, auf welchem Weg auch immer dabei zu helfen, auch mit finanziellen Mitteln... Er sagte viele schöne Dinge in seiner kleinen Rede, die mir endlos und fließend schien. Aber irgendwie gab mir seine Rede das Gefühl, dass ich es hier mit einer sehr falschen und durchtriebenen Person zu tun hatte. Ich nahm zwar sonst nie ein Blatt vor den Mund, aber hier schwieg ich. Ich fühlte mich verkauft und ebenso schämte ich mich für das, was ich gerade getan hatte. Daher wollte ich den Deal so schnell wie möglich abwickeln und das Geld für die verkauften Briefe auf irgendeine Bank bringen oder auf einem Sparkonto irgendwo in der Nähe sichern, um dieses Gefühl und letztendlich auch meine Verantwortung so schnell wie möglich zu vergessen.

„Vielen Dank und bis bald...."

Als ich mich schon mit Höchstgeschwindigkeit auf dem Weg nach unten im Treppenhaus befand, hielt ich wieder an, da ich meinen Regenschirm vermisste. Ich hatte ihn im Büro dieses widerlichen Bürokraten vergessen. Ohne darüber nachzudenken, drehte ich um und ging schnell nach oben. Ohne an die Tür zu klopfen betrat ich das Büro, das ich soeben verlassen hatte. Doch zu meiner großen Überraschung fand ich Ignatius dort vor einem dieser Apparate, diese scheußlichen Maschinen, die man benutzt, um Dokumente zu vernichten, gerade in dem grausamen Moment, als die Briefe, die für mich ein Schatz gewesen waren, gerade zerstückelt und zerhackt und für immer ins Vergessen gesandt wurden. Der Nachlass meines Vaters verschwand vor meiner Nase.

„Aber..."

„Geh mir bitte aus den Augen, verschwinde und schließ die Tür oder ich rufe den Sicherheitsdienst!" sagte er kurz angebunden und kalt.

Und das tat ich, bleich, und ohne etwas zu sagen. Die Wörter stauten sich in mir, doch gleichzeitig war ich nicht in der Lage etwas zu sagen. Ich hatte plötzlich eine unglaubliche Schuld auf mich geladen. Ich hatte mich versündigt, an der Welt, an meinem Vater, am Baskenland und an mir selbst. Alles wurde zu Dunkelheit und Trauer. Ich konnte nichts mehr sehen. Die Welt drehte sich, während mir schwindlig wurde. Alles, was vorher hell und klar war, verwandelte sich in Nebel. Mir lief ein Schauer über den Rücken. Mir wurde übel.

Dazwischen kamen mir die Bemerkungen in den Kopf, die mein Vater einst in Bezug auf Charles Fourier gemacht hatte, der es geschafft hatte, eine Liste von vierundsechzig verschiedenen Möglichkeiten zu machen, jemanden Arschloch zu nennen. Er tat dies auf Französisch und fast alle kamen mir in dem Moment in den Kopf: *Cocu, Cornette, Cornard*... und so weiter bis hoch in die Sechzig.

All diese Worte zusammen in eins vereint, waren das, was unser Beamte war. Denn abgesehen davon, dass er ein Arschloch war, war er hauptsächlich das: ein Beamte, dessen amtliche Charakteristik es war, aus allen anderen das möglichst Schlechteste herauszuholen. Es kann sein, dass das dachte, um mich selbst zu rechtfertigen und mich diesen Gefühls, verkauft worden zu sein, zu entledigen, mit dem ich diesen Tatort verließ. Verkauft für nichts, wie einer, der ohne Grund vom Esel fällt. Ich hatte es mir ja selbst ausgesucht und das, was wir Schicksal nennen, führte mir die dramatischen Folgen meines überschlauen Verhaltens vor Augen. Ich fühlte mich wirklich unglücklich, denn wenn du etwas kaputt machst, fühlst du tief in dir drin, wie dir diese Sache fehlt, obwohl du dich rational dafür entschieden hattest, dich davon zu trennen.

Ich kann nicht sagen, warum ich das tat, was ich tat. Wie man weiß, sind Eisen und Stein Materialien, die sich gegenseitig abwetzen und mein Verhalten des treulosen Verkaufs schien auf sardonische Weise, die Notwendigkeit eines trügerischen Käufers mit sich zu bringen. Vielleicht tat er das, um nicht den Ruhm zu zerstören, den Fausto zu seiner Zeit erreicht hatte oder im Gegenteil gar weil er jetzt nicht den schlechten Ruf verändern wollte, mit dem Juan José leben und sterben musste. Oder vielleicht um jene nicht zu rechtfertigenden Abkommen mit der Krone von Kastilien weiterhin im Dunkeln halten zu können. Oder es könnte auch sein, dass er die Wichtigkeit der Freimaurerei in der Geschichte des baskischen Volkes verstecken wollte, die man vielleicht deshalb in seiner Heimatsprache die Bruderschaft „der dunklen Steinmetze" nannte... Nun, ich werde es niemals wissen! Die Geschichte der Elhuyar-Brüder würde so weiterlaufen, so wie eh und je, unberührbar und permanent. Wir könnten hier auch mit Goethes Worten sagen: „Ich ziehe die Ungerechtigkeit dem Chaos vor."

Ich weiß nicht, ob mir diese Auslegungen am Ende zu Recht verhelfen, aber mir ist immerhin deutlich geworden, dass die Dokumente, die ich besaß, die schon geschriebene Geschichte nicht durcheinander bringen konnten. Diese konservative Einstellung, die der Geschichte innewohnt, sah ich im Verhalten vieler Basken bestätigt und das spiegelte sich auch in den Handlungen und dem Verhalten Ignatius' wieder. Es scheint, als ob es für viele Basken in Ordnung ist, genauso weiterzuleben, wie sie es schon immer getan haben und das zu bleiben, was sie schon immer waren. In diesen Kreisen wird Einfluss von außen nicht geduldet, auch kein positiver. Ideologisierte Sabinianer sind das Paradigma dieser konservativen Idee des Lebens.

Und ich armer Kerl wollte Baske sein. Dieses uralte und zugleich so junge Volk hatte sich meiner habhaft gemacht und Illusionen in mir geweckt. Hier zu leben war für mich zum Sinn des Lebens geworden. Doch es war das Leben selbst, das mir den bedeutenden Schlag versetzte, während ich mich dieser Illusionen hingab.

Doch wie der baskische Autor Sarrionandia einst schrieb, habe ich inzwischen gelernt, dass ich nicht hierher gehöre. Ihr braucht jedenfalls keine Angst zu haben. Ich denke nicht daran, eine „Emilia Galotti" auf meinem Nachttisch liegen zu lassen. Obwohl ich liebend gerne einfach im Boden versinken würde, so werde ich es doch dem Werther der Romantik nicht gleichtun und Selbstmord begehen.

Wenn das gleiche einem Einheimischen passiert wäre, so wäre es vielleicht zu einer ganz anderen Situation gekommen, aber ich zumindest fühle mich voll und ganz zerstört, kaputt und erschlagen. Oder sollte ich sagen reuevoll? Betrogen? ... Allein und ohne Hilfe. Aussichtslos.

Die Freundschaften und Beziehungen, die mir das Baskenland angeboten hatte, waren weder genug Balsam, um diese seelischen Schmerzen zu stillen, noch um diese ängstliche Einsamkeit abzuschwächen, die mich ergriff...

Es war unvermeidlich. Ich sah mein Schicksal in die unrettbare Einsamkeit gestürzt. Deswegen zeigten sich mir der Charakter und die Art der Basken, die ich zuvor so unsagbar verehrt hatte, nun von einem ganz anderen Blickpunkt. Wenn man auf den ersten Blick gleich das lebenswichtige Bedürfnis dieses Volkes nach Freiheit sieht, so wird es mir nun immer deutlicher, dass sich unter diesem Schein der Herdengeist einer sozialen Gruppe verbirgt, die über Jahrhunderte in der Abhängigkeit erzogen wurde. Dort wo sich die Bedürftigkeit der Gruppe in soziale Werte verwandeln hätte können. Dort wo sich das traurige Schicksal der Unterordnung in deren

Akzeptanz verwandelte. Eine Kultur, die so sehr an die väterliche Heimat gebunden ist, dass sie nicht in der Lage ist, die Gutmütigkeit des nomadischen Geistes zu verstehen oder gar wertzuschätzen. Es ist das Gleichnis jenes Seemanns, der immer seinen Hafen im Kopf hat, der immer zurückkehren will, für den die Reise oder die Einsamkeit nur simple Stationen einer Reise sind, bevor er wieder zu seiner kleine Bucht zurückkommt, wo ihn Geborgenheit erwartet. Für jene Geister sind sowohl der Nomadismus als auch die Einsamkeit ungemütliche Gedanken, die es gilt zu überwinden. Dazu fiel mir ein Gedanke von Goethe ein: „Alle Freiheitsapostel, sie waren mir immer zuwider; Willkür suchte doch nur jeder am Ende für sich. / Willst du viele befrein, so wag' es vielen zu dienen./ Wie gefährlich das sei, willst du es wissen? Versuch's!"

Mein Freund Dudagoitia erschien mir vor diesem Hintergrund wie der Urtyp des baskischen Charakters. Er brauchte seine Gruppe. Befand er sich außerhalb dieses engen Kreises, so wurde er schüchtern und ängstlich. Ich hatte inzwischen schon angefangen, Abneigung gegen dieses Wesensmerkmal zu entwickeln. Xalba war vor jeder neuen Sache, vor jeder unbekannten Person äußerst verlegen. Ich begann mich dafür fremd zu schämen.

Als ich ins Baskenland kam, verstand ich die Witze nicht, die man sich ständig über die Bilbainos (Einwohner von Bilbao) erzählte. Es schien mir, als wollte man betonen, dass die Leute aus Bilbao keine richtigen Basken seien, weil sie eine dreiste und vorlaute Art zu leben hätten. Es könnte allerdings auch das Gegenteil sein. Es könnte sein, dass gerade das, was die Basken zum Lachen bringt, ihre eigene soziale Unart ist, die sie eben dadurch demonstrieren.

„Was ist der Unterschied zwischen Gott und einem

Bilbaino?" fragten sie mich einmal.

„Dass Gott überall ist und der Bilbaino schon überall war." erklärten sie.

Anfangs verstand ich, dumm und unerfahren wie ich war, diesen Witz nicht. Aber als ich von der Bedeutung erfuhr, wurde mir der schüchterne Charakter der Basken klar. Vor langer Zeit las ich einmal ein Buch über dieses Thema von einem alten Priester mit dem Beinamen „Latxaga", der in der Populärliteratursammlung *Auspoa* eine Reihe von andächtigen Artikeln unter dem Obertitel „Euskal sena"[9] veröffentlichte. In den meisten Szenarien und Aufzeichnungen ging es um die kleinen häuslichen Welten und dem gegenseitigen Misstrauen, wie der Angst, das bekannte Umfeld verlassen zu müssen. Diese Idee über das Baskisch sein führte eine Panik vor der Blamage mit sich, vor den Nachbarn in Schande gebracht zu werden. Das ist auch die Definition einer schwachen und unsicheren Persönlichkeit.

Unser Volk, auf der anderen Seite, ist nicht sesshaft und auch nicht abhängig, weder zum Guten noch zum Bösen, weder vor der Missachtung noch vor der Anerkennung der Nachbarn. Das heißt nicht, dass wir dreist oder schamlos wären, aber die Scham fesselt uns nicht und bringt uns auch nicht um.

Jetzt fühle ich mich mehr Same als jemals zuvor. Zumindest mehr Same als Baske und daher habe ich das Gefühl, mutiger zu sein.

Aber was vorbei ist, ist vorbei. Ich weiß schon, dass das Meer niemals still steht und die Welt nicht aufhört, sich zu drehen. Darum kann ich mich nicht mein ganzes Leben lang an diese Gefühle ketten und den Geschehnissen nachweinen. Das Gegenteil ist der Fall.

---

[9] Euskal sena – die baskische Seine (bezieht sich auf den Fluss)

Alles Vorgefallene hat mich vielmehr wieder auf meinen einstigen Weg geführt.

Wir haben jetzt Juli. Ich will mich nicht mehr für das schämen, was passiert ist, ich will auch keine Angst vor der Einsamkeit haben. Der Ruf der Einsamkeit zieht mich gerade jetzt stark an... doch bevor ich das alles abhake, muss ich eben doch noch Zeugnis ablegen.

„Ich habe Scheiße gebaut!"

Ich wollte mich vom Baskenland mit dem Fest Sanfermines verabschieden. Ich hatte mich mit Xalba verabredet und so waren wir nun beide unterwegs, ohne Pause, bis zum Chupinazo (der Abschuss einer Feuerwerksrakete um 12 Uhr am 6. Juli, der den Beginn der Sanfermines einläutet). Es waren lange Tage und noch längere Nächte. Ab und zu fanden wir Zeit ein kleines Schläfchen zu machen, um danach unseren Marsch fortzusetzen. Zuerst waren wir kaum zu ermüden, aber nach einer Weile wurden wir immer erschöpfter und fühlten uns erledigt. Diese Festlichkeiten sind wirklich brutal und tobend. Obwohl Xalba und ich zusammen unterwegs waren, schien es, als ging jeder seinen eigenen Weg. Und das war nicht, weil es tatsächlich und physisch so war, sondern weil wir gefühlsmäßig, jeder in seinem eigenen vernebelten Abgrund, in seiner eigenen berauschten Freude steckten und uns nicht unbedingt der Präsenz des jeweils anderen immer bewusst waren. Auf jeden Fall ist es ein Fest ohne Gewissen. Die Gewohnheiten, die sich jeden Tag einstellen, verwandeln sich in etwas Mechanisches und Automatisches, in unbewusste Riten, die nacheinander durch simple Wiederholung entwickelt werden. Nach dem Stierrennen kommt man an der Stierkampfarena an, wo sich die jungen Stiere einfinden.

Dort auf dem Platz kommen sie zusammen, die Stierläufer, die die Nacht durchgemacht haben und die Arena noch vor den Stieren erreicht haben und die Frühaufsteher, die noch vor dem Frühstück am morgendlichen Spektakel teilnehmen. Die ersten in der Arena, der Rest als Zuschauer in den Rängen. Trotzdem gibt es Momente, in denen beide Gruppen in der Arena zusammentreffen, wenn die Tore geschlossen werden. Das ist der Moment, in dem Leute in makellosem Weiß von den bezahlten Rängen herabsteigen und sich unter die Läufer mit den verschwitzten Hemden mischen, die unter Jubel und Getöse zu Fuß den Platz erreicht haben.

In der Arena sind Handgemenge und Raufereien üblich. Der berauschte Kopf und das brodelnde Blut verbessern die Konflikte nicht gerade. Zwischen denen, die den Platz mit dem Stierlauf erreicht haben, gibt es allerlei verschiedene Charaktere. Nachdem die Kampfstiere weggebracht werden um auf ihren Auftritt zu warten, werden die jungen Kühe in die Arena gelassen, die vom Publikum provoziert werden, das daraufhin versucht ihren Hörnern auszuweichen. In der Arena herrscht immer Bewegung und es ist drückend heiß. Die Ränge, kühl und beobachtend.

Wenn die Feier langsam zu Ende geht und fast alle in den Sand gesunken sind, setzt der Pilgerlauf zum Frühstück, zum Mittagessen oder zu einem kleinen Imbiss ein, je nachdem. Später wird Essen verkauft, wieder die Stiere, einen Happen essen, Kundgebungen, Abendessen, Stände... und der nächste Tag. Der Rhythmus der Berauschtheit. Das ist durchaus kein schlechter Plan, obwohl man das wohl kaum jeden Tag aushalten würde. Solange der Körper es mitmacht, ist es eine reine Freude. Xalba und ich waren zufrieden und glücklich mit dieser feierlichen Routine... zumindest bis ein Problem auftrat.

Und man kann nicht gerade sagen, dass es ein kleines

Problem war.

Zum Tagesanbruch des vorletzten Tages gab es einen sehr schnellen Stierlauf. Wir kamen am Platz an und einige Amerikaner, die sich vielleicht nicht darüber im Klaren waren, was sie da eigentlich taten - zumindest war es äußerst töricht und unüberlegt - fingen an, den rennenden Stierläufern das Bein zu stellen. Sofort fing die Schlägerei an. Der Hirte, der mit den Stieren lief, zeigte keine Hemmungen, den Witzbolden ein paar mächtige Hiebe mit seinem Hirtenstab zu verpassen. Diese jedoch erwiderten ihm und fingen an, Schläge zu verteilen, sodass sich das Ganze in wenigen Augenblicken zu einer Schlägerei entwickelte. Dabei war niemand mehr sicher, der nicht aufs Genaueste sein Umfeld beobachtete und respektierte, zumal die Angriffe aus komplett unerwarteten Richtungen kommen konnten. Nichtsdestotrotz hörte die Geschichte wie üblich genauso schnell auf, wie sie angefangen hatte.

Da ich nicht an solche Raufereien gewöhnt bin, blieb ich mit einem bitteren Geschmack auf den Lippen und einem schmerzenden Bauch zurück. Ich wusste nicht, wo Xalba abgeblieben war und entschied mich, im Sand sitzen zu bleiben und auf ihn zu warten. Um mich herum war der Geruch von Schweiß und Exkrementen kaum auszuhalten. Das war der Moment, in dem die Tore geschlossen wurden und die Zuschauer anfingen in die Arena hinabzusteigen. Einige machten Fotos, andere waren damit zufrieden etwas Sand als Andenken mitzunehmen und obwohl man unter diesen Umständen oft Menschen trifft, die man nicht erwartet, so hätte ich nie erwartet ihn hier zu treffen.

„Perkele!"

Mit diesem Ausruf, der auf Finnisch „Teufel" bedeutet, begrüßte ich überrascht denjenigen, dem der ausdrucksstärkste und inhaltsvollste Fluch, den ich in meiner Kindheit gelernt hatte, tatsächlich gebührte.

Ich versuchte wegzuschauen, doch meine Augen bewegten sich ohne meinen Willen... bis sie auf seinen hochmütigen Blick trafen.

„Tausend Teufel!", sagte ich mir.

Er kam langsam näher, nur um mir an den Kopf zu werfen:

„Du siehst ja scheiße aus..."

Ich blieb ruhig.

„Hast du dich heute als Müllmann verkleidet oder was?"

Obwohl es noch sehr zeitig war, war es schon äußerst heiß. Ich stand auf und fast im gleichen Moment fühlte ich, wie mich der Schwindel überkam. Ohne wirklich darüber nachzudenken, verpasste ich ihm einen Kopfstoß, der ihm die Nase zerbarst. Das ging sehr schnell, eine geradezu automatisierte Bewegung. Während er sich vor Schmerzen krümmte, verpasste ich ihm einen Fußtritt ins Gesicht und als ich wieder kurz einen klaren Kopf bekam, fingen, wie aus Sympathie, alle um mich herum wieder an, aufeinander einzuschlagen. Alles war Kampf und Verwirrung. Ich hatte ziemlich zu tun, da wieder herauszukommen. Die Arena war brechend voll, aber ich kannte den Weg schon. Es war nicht mein erstes Mal.

Als ich den Platz verließ, schaute ich noch einmal nach hinten und konnte den Körper des Guipuzcoanos[10], lang wie er war, im Sand begraben liegen sehen.

Hol ihn sich der Teufel!

Die Zeitung von heute berichtet über Schlägereien auf dem Platz gestern. Es seien immer noch Leute im

---

[10] Bewohner der baskischen Provinz Gipuzkoa

Krankenhaus. Einige schwer verletzt. Ich weiß nicht, was aus unserem Beamten geworden ist, aber ich will auch nicht länger darüber nachdenken.

Das einzige was mich betrübt, ist, dass ich ihn nichts fragen konnte und ihm auch nicht das sagen konnte, was ich mir für ihn schon zurecht gelegt hatte. Denn ich hatte an jenem Tag sein Büro der Delegiertenversammlung schweigend und mit gesenktem Kopf verlassen, ohne ein Wort zu sagen.

Zur Zeit der Elhuyar-Brüder schrieb der Graf von Peñaflorida ein bilinguales Drama (auf Baskisch und Spanisch) mit dem Titel *El borracho burlado* (der verspottete Trunkenbold). Ungefähr so fühlte ich mich. Das ist der Grund warum er mich nicht wiedererkennen wollte als ich ihn in Pamplona wiedertraf. Ich für meinen Teil hätte ihm schon etwas zu sagen gehabt, obwohl ich nicht in meiner besten Verfassung war, aber unglücklicherweise hatte ich die Zunge gerade nicht am rechten Fleck oder was auch immer es war...

Die Klassiker sagen, es gibt drei Arten von Sündern: Die Stolzen, die verlogenen Reichen und die Schamhaften ohne Grund.

Obwohl die Dokumente, die ich ihm unglücklicherweise verkauft hatte, zerstört waren, wird sich die Information, die sich darin befand nicht verlieren, weil man diese nicht verschwinden lassen kann. Die Bürokraten leben Dank privilegierten Informationen, aber Information ist kein Privileg. Im Gegenteil, heutzutage tauchen Informationen überall auf, das geht so weit, dass wir sie manchmal gar nicht mehr angemessen zu interpretieren wissen. Ich glaube nicht, dass diese Informationen verloren gehen können. Nicht nur, weil ich auf alle mir erdenklichen Möglichkeiten versuchen werde, dass das nicht passiert, sondern weil ich gelernt habe,

144

dass es nichts Schwierigeres gibt, als Informationen verschwinden zu lassen. Wir könnten praktisch sagen, dass Information, so wie Energie, weder verloren geht, noch zerstört wird, sondern dass sie transformiert wird. Die physikalischen Gesetze des Energieerhaltungssatzes auf die Welt der Daten angewandt, kämen wir zu dem Schluss, dass wenn die Dokumente einmal zerstört sind, so werden die Informationen wieder durch andere Quellen auftauchen. Auch wenn unser Fall mit den Briefen von Juan José an Fausto diese Theorie hier nicht bestätigt.

In unserer heutigen Informationsgesellschaft, wie wir das so schön nennen, können wir niemals wissen, ob eine Information wirklich gelöscht ist.

Die Computer, diese zeitgenössischen Archive, beinhalten schon so viel Information, dass ihre Verarbeitung in Zukunft ihr Verschwinden erschweren wird. Wir können nie ganz sicher sein, uns der Daten komplett entledigt zu haben. Der Spezialist weiß immer wie er etwas findet, dass man verstecken und verschwinden lassen wollte. Heutzutage lassen sich auch Verbrechen aufklären, die früher ungeahnt blieben. Archäologen sind in der Lage uns aufgrund von menschlichen Überresten zu sagen, wie es vor Jahrhunderten um das Aussehen, die Ernährung und das Leben der Menschen bestellt war... Das schrecklichste Geheimnis, ebenso wie die Scheiße, kommt irgendwann immer heraus und schwimmt oben, allen sichtbar und das benötigt keine Erklärung.

„Ich heiße Werther."

Die Romantiker begingen Selbstmord. Faust wollte einen Pakt mit dem Teufel schließen, um ewige Jugend zu erhalten. Ich selbst werde mir nicht das Leben nehmen, da ich auf meiner Reise älter und weiser geworden bin.

Ich habe viel gelernt. Nicht nur über die baskische Sprache und Kultur, sondern auch über mich selbst. Wir Menschen müssen gleichzeitig in drei verschiedenen Dimensionen leben, in der Vergangenheit, der Gegenwart und der Zukunft. Während man lebt, trägt man das Gelebte also immer mit sich herum. Eine vierte Dimension möchte ich nicht auch noch dazu nehmen. Die ewige Wiederkehr gefällt mir nicht. Mephisto hat mich mit seinem Angebot der ewigen Jugend zwar nicht betrogen, doch am Ende habe ich mich trotzdem verkauft.

Da ich nicht an Gott glaube, glaube ich auch nicht an den Teufel. Man wird es nicht schaffen aus mir einen ewigen Jugendlichen zu machen. Ich bin nicht nur ein Aktivist. Meine persönliche Erfahrung hat mich dazu gebracht ein militanter Skeptiker zu sein.

Es gibt keinen Baum ohne Schatten und auch die Sonne kann nicht alles erleuchten. Es gibt immer einen Platz für Dunkelheit.

Vor langer Zeit einmal las ich, dass das Meer keine Hoffnung hat und die Erle kein Herz, aber erst jetzt verstehe ich, was das heißt. Ich gebe zwar nicht auf, aber das heißt nicht, dass ich Hoffnung brauche. Wäre ich Faust, so hätte ich Angst und ich wäre zu allem fähig, um die Panik zu überwinden, die diese Hoffnungslosigkeit auslöst. Aber ich habe schon gelernt mit dieser Situation umzugehen. Obwohl die Angst mir weniger gefällt als der Rausch, so kann ich ganz gut ohne die beiden leben.

In den Augen der Religion sind alle Menschen von Geburt an böse, jeder einzelne Mensch. Auf gewisse Weise hat sich das Büßerhemd der Erbsünde seit den Anfängen des Katholizismus über uns gelegt, aber diese religiöse Wiedergeburt hat die negative und pessimistische Konzeption der Humanität nicht selbst erzeugt, sondern nur hervorgehoben. Die Konsequenz daraus ist, dass das Leben nicht mehr als eine scheinbar flüssige Selbstverneinung ist, die unsere Existenz durchfließt. Jeder muss in der Lage sein, seine Träume zu verneinen (entgegen den Versuchungen des Teufels), um eine erlösende Gesinnung zu erlangen, die ihn an die Wahrheit führt.

Das Ich, das sich zur Moderne bekannte, war immer positiv gegenüber jener Negativität eingestellt, die das Ich des alten Regimes charakterisierte. Rousseaus Emile musste außerhalb der Gesellschaft erzogen werden. Denn dieses gemeinschaftliche Ganze war das Einzige, was voll von Bösartigkeit war. Die „anderen" waren die Inkarnation der Hölle und des Teufels.

Es gab eine Zeit, in der diejenigen, die an Gott oder an den Teufel glaubten, die Notwendigkeit verspürten, an etwas zu glauben. Gab es allerdings nichts, an das man glauben konnte, musste man etwas erfinden. Es entstanden Verschwörungstheorien. Es würde immer möglich sein, eine versteckte Erklärung zu finden, die der Allgemeinheit verschlossen blieb. Alle, die an eine universale Ordnung glauben, diejenigen, die Notwendigkeit verspüren zu glauben, werden niemals an den Punkt kommen zu verstehen, dass die Welt, in der wir leben auch durch den Zufall bestimmt wird.

All jene, die Heiliges in Rationales verwandeln wollten, priesen am Ende die Vernunft und die Liebe zum Individuum höher als ihre Welt. Das ist die Erbsünde der Individualität. Trotzdem bemerkten sie nicht, dass das Individuum nicht aus dem Nichts entspringt, sondern die Konsequenz oder das Produkt von etwas ist. Das heißt, eine gewisse Zusammenkunft von verschiedenen Beziehungen hat den heutigen Menschen gebildet. Und wenn die Menschen nicht in der Lage sind diesen Prozess zu sehen, dann werden sie auch nie in der Lage sein, die Entscheidungsprozesse zu verstehen, auf denen sich die Freiheit gründet. Denn frei sein, heißt nicht freie Entscheidungen zwischen verschiedenen Möglichkeiten zu treffen, sondern dazu noch in der Lage zu sein, von oben zu entscheiden und mit Hinblick auf jene scheinbaren Chancen, zu denen wir hingeführt werden wollen.

Von den Elhuyar-Brüdern war es Juan José, der Fausto in sein Geheimnis einweihte, er war es, der Fausto zu seinem Komplizen machte. Mehr noch als nur Bruder wurde er nun zu einem Mitglied des Geheimbundes Juan Josés. Auch der Faust, von dem uns Goethe berichtete, ist eine Figur, die von Verwicklungen geplagt wird, aus denen sie sich nicht befreien kann.

Juan José de Elhuyar wollte seinem Bruder klarmachen, dass die Geschichte uns alle beeinflusst, ob wir wollen oder nicht. Es scheint nicht so, als ob Fausto de Elhuyar nichts von den Machenschaften wusste, an denen ihn sein Bruder Teilhaber werden ließ, aber auch der Fakt, ob er es nun wusste oder eben nicht, war schon impliziert. Der Hüter eines Geheimnisses zu sein, hilft einem nicht, doch ebenso wenig verpflichtet es. Es scheint als ob Juan José letztlich umgebracht wurde (zumindest deutet dies der Text der Zeitschrift *Elhuyar* an, der hinten angefügt ist), während Fausto, dessen Leben lang und produktiv war, die angemessenen Ehren für die Entdeckung des Elements Wolfram zu Teil wurden.

Allerdings ist es ziemlich offensichtlich, dass die Lorbeeren, die er geerntet hat, ebenso seinem Bruder zustehen. Ich glaube, dass die Zeit jeden Einzelnen an seinem Platz gelassen hat. Ignatius vernichtete nicht genügend Beweise um diese Information verschwinden zu lassen. Das Videoband, das ich gerade aufnehme, bestätigt das.

Man kann nicht sagen, dass es die Möglichkeit einer neutralen Wissenschaft gibt. Zumindest in diesem Fall. Ebenso wenig denke ich, dass wir an eine Geschichte glauben müssen, die auf Äquidistanz gegründet ist. Ganz im Gegenteil, die Wissenschaft, wie auch die Geschichte, sind nicht mehr als Produkte von bestimmten Frauen und Männern, ebenso vorbelastet und vorvereinnahmt wie ihre Kollegen.

Wenn wir die Wissenschaft heutzutage als dreckiges Geschäft sehen, dass sich selbst verkauft hat, so sollten wir nicht denken, dass dies das Resultat einer progressiven Degeneration ist. Von der verborgenen Seite der Wissenschaft aus betrachtet, ist es vielmehr eine Eigenschaft der wissenschaftlichen Methode selbst. Wir sollten uns nicht nur über den Dreck und die Kontamination einer Welt beklagen, die von der wissenschaftlichen Produktion gesteuert wird, sondern wir sollten anfangen, uns um die Bedingungen dieser wissenschaftlichen Produktion zu kümmern. Wir sollten darauf achten, was im Moment der Forschung und der Entwicklung als wichtig betrachtet wird. Ich selbst habe schon für meine Fehler auf diesem Gebiet bezahlen müssen, doch ich bereue nichts. Es gibt keine falschen Hoffnungen für die Zukunft, aber wie schon der baskische Philosoph Unamuno sagte, wird man kein Skeptiker, indem man in konstantem Zweifel lebt, sondern indem man stetig sucht und forscht. Diese Art von Skeptizismus ist es, die mich hemmt, mich vor mir selbst zu schämen, denn dies ist der Weg, den ich mir ausgesucht habe.

Darum kann ich auch mein nomadisches Wesen nicht aufgeben. Meine zigeunerische ebenso wenig wie meine samische Identität. Doch jene Identität oder jenes Wesen ist für mich das Resultat einer Entscheidung und nicht die Konsequenz einer unbekannten Geschichte. Denn das wäre hier die Frage.

Die Basken sind schüchterne und zurückgezogene Menschen, obwohl sie im Einklang mit ihrer Umwelt leben, vielleicht auch gerade deswegen. Wir Samen haben immer in großen expandierenden Familien gelebt. Hier ist die Beziehung zu Haus und Heim der Schlüssel für das Verständnis des sozialen Miteinanders, die Ästhetik und die Ethik. In den nördlichen Ebenen ist unser Volk ein Volk von Nomaden. Ohne Haus oder zumindest mit dem Haus auf dem Rücken.

Wir begegnen der Kälte nicht versteckt in einer Herberge. Unser Volk weiß sich zu wärmen. Vielleicht haben wir deshalb der Einsamkeit immer großen Respekt entgegengebracht. Denn allein zu sein, heißt für uns dem Tode nah zu sein. In gleichem Maß betrachten wir die Einsamkeit als Quelle aller schlechten Angewohnheiten: Darum versuchen wir, uns zu Hause zu fühlen, ganz egal wo wir uns befinden. Das habe ich hier versucht, aber die Folgen meiner schlechten Eingewöhnung und Einsamkeit hier zwingen mich, wieder zu meinem Heimatort zurückzukehren.

Darum möchte ich hier und jetzt meine Erfahrung mitteilen. Ich stehe in der Schuld des baskischen Volkes und diesem will ich meine Geschichte erzählen. Ich erinnere daran, was Goethe sagte, „Gehe deinen Weg behutsam im Hinblick darauf, was du als alter Mensch einmal sein willst, auf dass du dich möglichst in den verwandelst, der du einmal sein willst." Doch ich wollte nicht nur meine Jugendträume aufarbeiten, ich wollte hier außerdem meine Geschichte erzählen. Denn jeder Baum hat seinen Schatten. Das ist der dunkle Teil, der in diesen Videobändern auftaucht.

Im Juli kann man die Sonne um Mitternacht an den Ufern des Inarisees sehen, nahe den Enden des Nordkaps, im alten Land der Samen, deren sommerliche Wärme mich nun nach Hause ruft.

Ich werde noch einmal „pobre de mí"[11] singen und dann werden mich meine Schritte dorthin führen. So hat sich der Same entschieden, der als Finne geboren wurde.

Ich steuere auf die Länder zu, die immer noch von den Samen beherrscht werden, meine Vorfahren, jene, die weder einen Staat haben, noch irgendwen über sich bestimmen lassen.

Lebt wohl...

Blicket auf zum Retterblick,
Alle reuig Zarten,
Euch zu seligem Geschick
Dankend umzuarten.

(Letzte Worte von Doktor Marianus aus Faust I von Johann Wolfgang von Goethe)

---

[11] Ein berühmtes Lied, um das Ende des San-Fermin-Festes in Iruña (Pamplona) einzuläuten

Archiv

Zeitschrift Elhuyar Nr. 9, 1983

Während seines Aufenthaltes in Amerika führte Juan José de Elhuyar zahlreiche Forschungen zur industriellen Verwendung von Quecksilber, Platin und Silber durch. Dabei erfuhr er eine große Unterstützung und Hilfe durch die Zusammenarbeit mit seinem Freund Celestino Muris. 1788 heiratete er Maria Josefa Bárbara Bastida y Lee. Nach acht Jahren Ehe tauchte der inzwischen 42-jährige vielversprechende Wissenschaftler plötzlich unter ungeklärten Umständen tot in Bogotá auf.

Fausto blieb bis 1821 in Mexiko, wo er sich auf die Errichtung einer Ingenieurschule und auf die Forschung zu effizienteren Methoden der Metallgewinnung konzentrierte. Er hatte direkten Kontakt mit der kulturellen Welt seiner Epoche und seines Umfeldes und war außerdem Mitglied einer Freimaurerloge. Unter seinen Bekannten befand sich Alexander von Humboldt, der Bruder des bekannten Experten auf dem Gebiet der baskischen Sprache, Wilhelm von Humboldt. Er half den beiden bei der Datensammlung für ihr Buch *Essai politique sur le Royaume de la Nouvelle Espagne*. 1814 veröffentlichte er das Werk *La amonedación en Nueva España*. Diese unermüdliche Aktivität wurde allerdings durch den Ausbruch der mexikanischen Revolution gebremst, die Faustos Schritte 1821 nach Madrid lenkten.

Auf der Iberischen Halbinsel angekommen, nahm er verschiedene wichtige und administrative Positionen ein, wie z.B. die Generalleitung der Bergwerke. Er war auch

Teil der ersten Geologenvereinigung des spanischen Königreichs. Letzteres verschaffte Fausto den Ruf, die Brücke zwischen den aufgeklärten Naturalisten und den Isabellinischen Geologen zu sein. In den letzten Jahren seines Lebens veröffentlichte er verschiedene Bücher, in denen er viele seiner, über die Jahre wissenschaftlicher Forschung angesammelten Kenntnisse, der Öffentlichkeit bereitstellte. Wir sollten uns an diese Titel erinnern: *La influencia de la minería en la agricultura y la industria, La minería en España, La teoría de las amalgamas...* Er starb 1833 im Alter von 76 Jahren. Man kann seine Statue heute am Eingang der Medizinischen Fakultät der Universität von Zaragoza sehen.

Bis vor kurzem dachte man, dass die Entdeckung Wolframs das Werk Faustos war und beachtete dabei kaum die Arbeit seines Bruders Juan José. Ein Grund dafür könnte sein, dass Juan José in sehr jungen Jahren nach Amerika ging und niemals von dort wiederkam, während Fausto seine letzten Tage in der Metropole verlebte, umringt von Ruhm und Ehre.

Eine gründliche historische Forschung hat dann schließlich aufgezeigt, wie es tatsächlich abgelaufen sein muss. Das liegt sicher im Wohl beider Brüder, ihrer Anhänger und ihrer Bewunderer.

Der Autor

Fito Rodríguez (*Vitoria, 1955) studierte Philosophie und Literatur (bis 1978) und ist Doktor der Erziehungswissenschaften (1988). Seit 1981 arbeitet Rodríguez als Lehrbeauftragter der Fakultät des Baskenlandes für Philosophie und Erziehungswissenschaften. Er hat zahlreiche akademische Monographien und literarische Essays in verschiedenen Sprachen veröffentlicht, wobei er für seinen besonderen Sprachstil im Baskischen bekannt ist. Auf Spanisch erschienen sind u.a.: *Construir o destruir naciones* (Besatari, 1999), *El IRA y la Paz en Irlanda* (Hiru, 1999).

Der Autor hat sich im baskischen Literaturbetrieb einen Namen gemacht und war zudem als Präsident des Verbundes baskischer Autoren und als Mitglied des Direktionsausschusses des baskischen PEN-Clubs tätig.

Der Übersetzer

Der junge Übersetzer Samuel Tannhäuser (*Leisnig, 1989) absolvierte während seines Philosophiestudiums in Hildesheim (bis 2014), ebenso wie der Protagonist des Romans zwei Austauschsemester in San Sebastián. Dort begann er die spanische und baskische Sprache zu erlernen und versuchte sich in die baskische Kultur einzuarbeiten. Dabei lernte er auch den Autor Fito Rodríguez kennen.

Neben seinen Übersetzungsarbeiten, arbeitet er als privater Deutschlehrer, bzw. in Zusammenarbeit mit verschiedenen sprachbildenden Institutionen, u.a. dem Goethe-Institut.